邵毅平 著

中東草

我的日本文学履痕

上海文化出版社

作者简介

邵毅平，江苏无锡人，1957年生于上海。文学博士，复旦大学中文系教授、博士生导师。专攻中国古典文学、东亚古典学。除译著、编著、校注等外，著有下述廿三种：《中国诗歌：智慧的水珠》《中国小说：洞达人性的智慧》《论衡研究》《文学与商人》《中国文学中的商人世界》《中国古典文学论集》《中日文学关系论集》《东洋的幻象》《诗骚百句》《胡言词典》《马赛鱼汤》《今月集》《远西草》《西洋的幻象》《东亚古典学论考》《中西草》《如何阅读文学经典》《中国文学特别讲义》《南洋的幻象》《中东草》及"朝鲜半岛三部曲"。

庸才的作品即便是大作，也必然像没有窗子的房屋，对展望人生一点好处也没有。

　　　　　　　　——芥川龙之介《侏儒的话》

目录

现代小说的诞生

在拙著《中西草：我的欧陆文学逍遥》的《往西看，往东看》那篇中，我曾批评了昆德拉的一个观点：

当昆德拉说"小说是欧洲的产物"，说小说是"一门伟大的欧洲艺术"，说"小说的种种发现，尽管在不同的语言之中进行，还是属于整个欧洲"（《被贬低的塞万提斯传承》），意味着他当然不知道《源氏物语》是什么东西，也不关心《金瓶梅》《红楼梦》《儒林外史》发现了什么；当他说"欧洲最早期的小说写的都是横越世界的旅程，而世界看似无界无限"（同上），我们知道他的"世界"跟卢梭的没什么两样，再"无界无限"也不会越出欧洲的版图。他以反"媚俗"相标榜，却"媚俗"而不自知，即仍不免媚"欧洲"之俗。每次一说起欧洲文明，便雄踞于世界之上，或简直是世界本身，其他文明都宛如无物。

写那篇的时候，一望而知，我心里对以昆德拉为代表的许多欧洲人的傲慢无知窝着一肚子火，于是难免有点出言不逊了。

所以，当我最近读到加莱亚诺的《镜子：照出你看不见的世界史》（2009，2010）一书时，其中有一篇《现代小说的诞生》，让我顿时眼睛一亮，觉得在这个问题上，他与昆德拉高下立判，正如当年的伏尔泰与卢梭：

> 一千年前，有两位日本女性像今天这样写作。
>
> 根据博尔赫斯和尤瑟纳尔的说法，没有哪部小说能超越紫式部的《源氏物语》。这部小说精湛地表现了男人的冒险和女人的受辱。
>
> 另一个日本女性清少纳言，和紫式部一样，千年之后才有幸得到赞美。她的《枕草子》催生了新的文学体裁"随笔"，字面意思为"跟着毛笔跑步"。这是一种多彩的马赛克，由短故事、笔记、思索、讯息和诗歌组成：这些碎片，看上去零散无章，事实上多种多样，把我们带进那个地方，那个时代。

拉美也曾经是被欧洲看不见的大陆，在这方面他们与亚洲、非洲同病相怜，所以他们中的有些人能够推己及人（不是所有人），看到许多欧洲人看不到的东西，这是我读拉美文学的最大感受之一。《现代小说的诞生》的前一篇是《现代艺术的诞生》，其中说："饱受殖民者的掠夺，非洲都不知道，20世纪欧洲绘画和雕塑最辉煌的征服成就，很大程度上要感谢她。"——与《现代小说的诞生》正好是一对儿。

"现代小说的诞生""现代艺术的诞生"，这样的标题立场鲜明，掷地有声，宛如正是冲着声称"小说是欧洲的产物"、是"一门伟大的欧洲艺术"、小说"属于整个欧洲"的昆德拉而去的，不知道昆德拉生前有没有注意到加莱亚诺的这些说法？

发完上述牢骚后，我忽然发现，加莱亚诺自己那些著名的"碎片化"写作，那些《拉丁美洲被切开的血管》（1971）之后的写作，难道不是和清少纳言的"随笔"有异曲同工之妙吗？虽然他"跟着跑步"的不是毛笔而可能是电脑，但他说清少纳言创新文体特点的那些话："这是一种多彩的马赛克，由短故事、笔记、思索、讯息和诗歌组成：这些碎片，看上去零散无章，事实上多种多样，把我们带进那个地方，那个时代。"难道不正是他大部分作品写作特点的夫子自道吗？

由此自然会产生的一个疑问是，那么，加莱亚诺受过清少纳言的影响吗？

可惜他已经无法回答这个问题了。

（加莱亚诺《镜子：照出你看不见的世界史》，张伟劼译。）

衡山来的和尚

一

圣德太子是佛教在日本传播的功臣。据《今昔物语集》（约1120）等日本古代传说，他乃是救世观世音菩萨的化身，前生在中国的南岳衡山修行佛道多年，为向粟散般东方小国之王传法而投胎日本，讲经布道四十九载后圆寂。

太子六岁时，有僧人从百济国携来了经论，太子奏请准予阅览，天皇不禁大惊，当即询问缘由。太子回奏："我从前在汉国时，曾南岳修行佛道多年，现转生至此，还想阅览佛经。"天皇闻言颔首应允。

后来，太子派遣小野妹子去往他前生的大隋国，命他到衡山去取自己寄放在山中的佛经，并吩咐道："赤县之南，有座衡山，山中有般若寺，寺里有我从前的同参，如今只剩有三人，其余全都死去，你见到他们时，就说是我派去的使臣，那里有一卷从前我在寺中居住时所持的《法华经》，把它取回来。"妹子遵照太子的吩咐，便起身前往该国。

小野妹子来到般若寺的门前时，遇见一个小僧，小僧问明妹子的来意，便进寺回禀说："思禅法师的使者到来了。"三位老僧一闻此言，立即扶杖出迎，高兴地把藏经的地方告诉妹子，叫他将经书取走。妹子携经回国后，就呈献给太子。

有一次，太子进入梦殿之后，一连七昼夜没有出殿。第八天的清晨，太子走出殿来。这时，只见他身边的玉几上放着一卷经，太子指着经书对惠慈法师说："这才是我前生在衡山读诵的那卷经呢。早年妹子取来的经卷，是我弟子的。皆因那三位老僧不晓得我存放在何处，所以拿错，交给妹子带回来的是另外一卷。这次，我驱使魂灵才把原来的那卷经取了回来。"说罢，将这两卷经书对照了一番，原来，二者既同是一卷经，也同是黄纸玉轴制成，只是太子的经卷里却少着一个字。

第二年，小野妹子又去往唐国的衡山，他曾见过的那三位老僧，这时已有两人圆寂，还活在人世的那个老僧对妹子说："去年秋天，贵国太子曾乘坐青龙车，率领随从五百人，自东方凌空而来，从他原来住过的房中，找出一卷经书，然后便腾空而去。"妹子闻听此话，才恍然大悟，暗自寻思道：难怪太子会七天七夜不出梦殿，原来是这么回事啊！

就在太子离开人世的同一天里，那卷由太子的魂灵从衡山取来的真经，也突然不知去向，这也一定是被太子携带而去了。如今流传在日本的那卷经书，就是早年小野妹子取回

来的。（《今昔物语集》卷十一"本朝佛法"第一篇《圣德太子始于本朝传播佛法》）

——两卷经书几乎一模一样，太子的经卷里却少着一个字。这一字之差，或许就是中日佛教差异的象征了。

二

《今昔物语集》上述故事里说，后来，又有道欣等十个僧人自百济国前来求见太子，他们说："太子可记得前世在衡山讲解《法华经》时，有庐山道士常去听讲之事？那就是我等十人。"意思是百济佛教是由圣德太子传授给他们的。这却正好颠倒了授受关系——日本佛教乃是传自百济的。

372年，佛教由前秦和尚顺道传入高句丽；384年，佛教由来自东晋的印度和尚摩罗难陀传入百济——在扶余的街头，竖有"佛教传来谢恩碑"，便是纪念此事的；417年，高句丽和尚墨胡子将佛教传入新罗。传播到高句丽的佛教，主要是北朝的流派；传播到百济、新罗的佛教，主要是南朝的流派。梁武帝曾赐百济佛经，又曾赐新罗佛舍利。《今昔物语集》上述故事里说，百济佛教来自衡山，从象征意义上来说，这也是完全正确的。

百济自中国传入佛教后，经过了一百多年的发展，于538年又将之传入日本——日本有"佛教公传五三八"之顺口溜，这是佛教传入日本之始，或日本进入汉文佛教圈之始。"太子六岁时，有位僧人从百济国携来了经论。"虽然时间上有所出入，但日本佛教传自百济，这里却正透露了玄机。

所以，《今昔物语集》上述故事里说，百济道人曾是圣德太子的徒弟，事实却是正好相反的，百济道人是日本人的老师才对。

不仅颠倒了佛教授受关系，而且依据佛教传播的先后，日本古代确立了所谓的"三国"观，依次为天竺（印度）、震旦（中国）、本朝（日本），反把朝鲜半岛排除在外了，这却是过河拆桥、数典忘祖了。

三

圣德太子、百济道人与衡山的关系，让我联想起了朝鲜小说《九云梦》（约1688），其中的主人公性真小和尚，也来自南岳衡山的莲花道场，与圣德太子、百济道人或有同学之谊，正好共同代表了中朝日佛教的亲缘关系。

话说性真与魏夫人座下八个仙女相逢于石桥之上，动了凡心。其师六观大师察觉，将其黜下人间，转世为大唐淮南道寿州（今安徽省淮南市寿县）杨处士之子杨少游（我家小区门口正好有家"寿县土菜馆"，卖杨少游的家乡菜地锅鸡、胡辣汤之类），八仙女亦投胎为两公主、六美人。杨少游中状元、仕显宦、平寇乱、封国公，次第相遇两公主、六美人，度过烈火烹油、鲜花着锦的一生。九人遍历红尘繁华，富贵尊荣已极时，杨少游登高望远，忽生空幻之感。六观大师前来点化众人，杨少游惊觉，发现自己仍独坐衡山庵中蒲团之上，还是头发新剃、余根松松的小和尚性真，方悟温柔富贵乡皆春梦一场。此时八仙女亦至，九人同听六观大师讲经，遂看破红尘，重皈佛门。

在朝日两国的传说或小说里，或把南岳衡山作为自己佛教的原乡，或将其作为小说主人公的出处，这一点颇为意味深长，让人觉得兴味津津。

（《今昔物语集》，北京编译社译，张龙妹校注。金万重《九云梦》，邵毅平、李岑校注。）

天竺天狗与震旦天狗

要了解日本古代的"三国"（天竺、震旦、本朝）观，《今昔物语集》（约1120）卷二十"本朝佛法"第一篇《天竺天狗顺水寻经声越海来本朝》、第二篇《中国天狗智罗永寿越海来本朝》是合适的材料。

先看前者。从前，天竺有个天狗，从天竺越海前往震旦，途中听见有一股海水不断发出声音，仿佛在诵"诸行无常，是生灭法，生灭灭已，寂灭为乐"的偈语。天狗闻声大惊，暗道："海水如何能念出这样深奥的经文？我一定要弄清真相，设法阻挠佛法传播。"就顺着水声寻来，直到震旦境界，仍然听得同样的海水声音。

天狗越过震旦，来到日本境界附近，海水仍然持续不断地传出诵经的声音。于是它又经过筑紫的博多湾来到了文字关，听得经声更加响亮了。天狗感到惊奇，便顺着经声一直寻去，不知经过多少地方，来到淀河河口。它从河口进入淀河，又从淀河寻至宇治河，顺水向上游寻去，一直来到近江湖，经声越来越响亮。天狗顺声继续寻去，行至比睿山横川的一道支流，只听读经之声更加喧嚣。天狗抬头向河上一看，只见四天王和护法诸神都在那里保护这条河水。一见这番光景，天狗大吃一惊，不敢近前，就躲在背地里暗暗偷听，惶悚不堪。

稍过片刻，天狗瞧见有个天童，就战战兢兢地近前问道："请问这道河水为何能够念出这样深奥的经文？"天童答道："因为比睿山修道诸僧茅厕里的水流入这条河里，所以它也会唱念这样深奥的经文，我等天童正是为了此事，才在此守护。"天狗听后，扰乱佛法之心立刻消散，暗自思忖："茅厕的水尚且如此高贵，竟会念出这样深奥的经文，至于山上诸僧，将更贵不可言了。"于是发誓道："我一定要去做比睿山的和尚！"

788年，最澄在比睿山创建根本中堂。804年，他随遣唐使入唐求法，翌年回国，开日本天台法华宗之脉（参见《今昔物语集》卷十一"本朝佛法"第二十六篇《传教大师始建比睿山》）。此后，838年，比睿山延历寺僧圆仁随遣唐使入唐，留学近十年后，坐新罗船商张保皋的船回国（现延历寺境内并立有圆仁、张保皋纪念碑），留下汉文名著《入唐求法巡礼行记》（838—848）。

——天竺来的这个天狗大概不知道这些的吧。

再看后者。从前，震旦有个凶猛的天狗，名叫智罗永寿，渡海来到日本。它找到日本的天狗，对它说："我国虽有许多得道高僧，但没有一个是我的对手；而今来到日本，听说有不少有修行的僧人，我愿意会会他们，比试一下法力，你看如何？"日本天狗闻听此话，极其高兴，回答说："我国的得道诸僧，也无一不是我的手下败将，如果你想凌辱他们，简直是易如反掌。眼前就有不少可以收拾的人，我可以指给你，你跟我来！"说罢腾空而起，震旦天狗跟着飞在后面，飞上比睿山的大狱峰，一同落在石塔旁边，双双坐在路旁。然后——

灵验昭著的圣僧余庆律师坐着小轿要进京去，震旦天狗跑到南山谷里藏头露尾地躲了起来。日本天狗嘲笑了它一番："你远远地从震旦飞渡到此，怎么连这样一个人都不敢招惹，竟把他放过了呢？"

横川院分寺饭室的深禅权僧正坐着轿过去了，震旦天狗被喝道开路的道童驱赶得抱头鼠窜。日本天狗又羞辱了它一番："那么，我再等你一次，这回你得下决心把过路人拖住。不然，你这样白跑一趟就回去了，对震旦也不光彩。"

比睿山的方丈、横川院的慈惠大僧正过去了，小道童们搜出了震旦天狗，拳打脚踢百般凌辱。它怪日本天狗见死不救："我千里迢迢飞来，一心指望你能助一臂之力，可是你并没有教我个安全方法，却叫我去会这些活佛般的圣僧，如今把我的老腰都踩断了。"说罢，痛哭起来。

日本天狗闻言道："你说得有理。不过，我以为你既是大国的天狗，足可以任意欺侮小国之人，所以才让你会会他们。谁料想事出意外，使你腰骨伤折，我真过意不去！"然后打发它转回震旦去了。

这件关于震旦天狗出丑的事，经日本天狗附在人身上讲出来后，辗转传闻于世。

——这样的故事所表现的，恰恰是小国意识及小国对大国的在乎计较吧。

（《今昔物语集》，北京编译社译，张龙妹校注。）

"秽多"及其他

一

所谓"秽多",又称"部落民",是日本江户时代的贱民，处于社会最底层，饱受种种歧视。1871 年，明治政府宣布废除身份制度，"秽多"改称为"新平民"，但并未获得真正的平等。岛崎藤村的名著《破戒》（1906），就是表现"秽多"问题的。

"同学们都知道，住在山里的人要是区分一下，大体有五类，这就是旧士族、镇上的商人、农民、僧俗，此外再加上秽多这个阶级。你们知道吗？这些秽多如今成伙地住在镇子外边，制作大家穿的麻草鞋、皮鞋、大鼓和三弦琴什么的。也有的靠种地过活。知道吗？这些秽多每年总有那么一次，挟着一捆稻草，到你们的父亲或祖父跟前作揖行礼。知道吗？这些秽多来到你们家里，只能跪在门口的泥地上，用专门的饭碗，讨一些饭食，绝不会跨进门槛到屋内来。你们家里有事要到秽多村子里去，抽烟要自己点火柴，他们有茶也不献过来，这都是往昔传下来的规矩。所以说，这些秽多属于卑贱的阶级。"——小说的最后，主人公濑川丑松向同学们坦白自己的"秽多"身份时，这样介绍了"秽多"的情况。

"如同居住在东海道沿岸的许多秽多种族一样，他们这一族和朝鲜人、中国人、俄罗斯人，以及从不知名的海岛上漂流、归化过来的异邦人的后裔不同，他们的血统来源于古代武士中的败逃者，虽然贫困，但都不是被罪恶玷污的家族。"——《破戒》对"秽多"的这个说明本身，似乎同样隐含了"差别（歧视）"意识。也就是说，在强调"秽多"并未被罪恶玷污时，顺便与"异邦人"划出了一道界线，表示至少还是本邦人，要比异邦人高出许多。

在《破戒》以后的一个多世纪里，对"秽多"的"差别"意识，也许部分由于《破戒》的影响，终于慢慢地烟消云散了；但继之而起的其他种种"差别"，比如对各种"在日"异邦人的"差别"，却一直此起彼伏着——1923年关东大地震期间对在日朝鲜人（也连带了在日中国人）的迫害，1945年冲绳战役中驱使冲绳人做人盾抵挡美军的空袭，便是这方面的例子。就此点而言，《破戒》提出的"差别"问题，在"秽多"逐渐消失以后，仍是具有现实意义的。而且，对各种"在日"异邦人的"差别"意识，本身也早已隐含在《破戒》之中了。

"啊，假若没有人种的偏见，也就不会有犹太人在基希讷乌惨遭杀害的事件，西洋人也不会嚷嚷什么'黄祸'了。"——最后一句的背景似是《破戒》写作当时正进行着的日俄战争，俄国和西方对日本的报道中也许少不了"黄祸"的说法（1895 年德皇威廉二世曾绘制过一幅"黄祸"的素描，1907 年又说，"'黄祸'——这是我早就认识到的一种危险。实际上创造'黄祸'这个名词的人就是我"）。如果真是这个背景，也仅限于这个背景，考虑到后来日本一再发动侵略战争，从侵华战争到太平洋战争，那么西洋人的嚷嚷似乎也非为无因了。"当我在傍晚的停车场看到四五十个日本人走过时，我几乎要开始赞成黄祸论了。"（《中国游记》附录"杂信一束"之十九《奉天》，1925）——芥川龙之介当年似乎就是这么认为的。

"父亲还特别嘱咐他说：秽多子孙的处世秘诀就是隐瞒出身，这是生存的唯一希望，唯一办法。父亲告诫他：'不管碰到什么事，不管遇见什么人，千万不可吐露真情。要知道，一旦因愤怒或悲哀而忘记了这条戒规，那就会立刻被社会抛弃。'他一生的秘诀说来就是这么简单。'隐瞒！'——这两个字概括了戒规的一切。"——直到今天，"隐瞒"（质量问题）还是"被（国际）社会抛弃"，一直还是日本许多大公司的两难困境之一。

二

1906 年 3 月，《破戒》出版，大获成功。夏目漱石读后大为赞赏，称其为"一部非凡的杰作，写作技巧大放异彩，是明治小说的登峰之作"；两个月后又说，"《破戒》在很多方面都超越了当代其他作品"（约翰·内森《夏目漱石传》，2018）。与此同时，不知为啥，当时正弃医从文中的周树人，据周作人后来回忆，"至于岛崎藤村等的作品则始终未尝过问"（《关于鲁迅之二》，1936）。——鲁迅后来也写过《我谈"堕民"》（1933）一文，谈到浙东以前从事贱业的"堕民"。其与日本的"秽多"还是有点像的。

不过，读《破戒》时，我有一个心结却很难绕过去，那就是作者为写此书所付出的代价——关键是他付出的不是自己的生命或健康的代价，而是三个女儿的生命及妻子的健康的代价，正如志贺直哉所说：

> 现在看来，二十多年前，岛崎藤村写作《破戒》的时候，不管做出多大的牺牲，他都决心完成这项工作。他尽可能节衣缩食，家属为此营养不良，几个女儿也相继死去。我读到这里十分生气。我不想评价《破戒》是否值得他做出这般牺牲。几个女儿为此而死，这可不是一件小事。这不是《破戒》能不能完成的问题。

我读到这些时也十分生气，不，非常生气——为了文学，为了艺术，他有权牺牲自己，但无权牺牲家人！他后来获得的所有成功，都抵偿不了他所造的孽——三个女儿呀！这是一个极端自私的人。

——一个甲子后，马尔克斯举债写《百年孤独》，也大获成功，但妻儿平安。

"既然叫妻子，那他就有养活的义务。就算自己甘心做木乃伊，也没有理由让妻子成为干尸。"同样是漱石，赞赏《破戒》后不久，在《秋风》（1907）里却这么说，似乎又在打脸藤村了。言外之意似乎是，既然对妻子都该这样，就更不要说对女儿了。

为此，我对《破戒》不想说什么好话。

为此，也连带影响了我对藤村也是那时候写的《千曲川风情》（1912）的观感——在那些对于千曲川一带自然风光的田园牧歌般的素描后面，是否同样隐藏着他对于妻子女儿的营养不良的无视呢？

此刻，他还让我想到了加拿大作家爱丽丝·门罗。

三

有关藤村的这类行为，如果让芥川来写，大概是会写出"亲人间的恶意"之类冷酷主题作品来的吧。"每当想到自家，唯独自家，倘若利害相龃龉，就连亲情的纽带都可能变得出人意料地脆弱。我想，一般世人都是如此。"（1913 年 7 月22 日自新宿致藤冈藏六）说这话时的芥川年仅弱冠。翌年夏，他爱上了一个女孩，遭到养父母家的反对，不久被迫与女孩分手。他发出了痛苦的灵魂拷问："是否有不自私的爱？自私的爱无法超越人与人之间的障碍，无法治愈人的生存寂寞的苦恼。如果没有不自私的爱，就没有比人生更痛苦的了。"（1915 年 2 月 28 日自田端致恒藤恭）他竟至这样诅咒过并不惮写出来："我常想别人死了才好。这别人之中，甚至还有我的亲人。"（《我》，1926）

其随笔《续野人生计事》（1922—1924）之十二《霍乱》，写了漱石小时候的一件事情："霍乱流行，我想起了漱石先生的事。先生的孩提时代也流行过霍乱。那时，先生吃了好多豆子，喝了不少水，然后与父亲一起钻进蚊帐睡觉。据说黎明时分，先生在蚊帐里突然开始上吐下泻。于是先生的父亲大惊道：'呀！是霍乱！'喊完就跳出了蚊帐，思考如何处理，却无计可施。此时，天空闪烁着晨星，先生的父亲便拿扫帚扫起庭院来。无疑，先生的吐泻是豆子与水在作怪，并非霍乱。先生说，通过这件事，他了解到为人之父的利己主义。"这正是芥川异常在乎的有关"亲人间的恶意"之类冷酷主题的轶事吧。

因此可想而知，对于藤村的类似行为和作品，尤其是其文过饰非、巧舌如簧，芥川是绝不会有什么好话的。在《大正八年度的文学界》（1919）之二《自然主义诸作家》中，芥川对藤村该年度的小说《新生》痛下针砭："虽然是叔侄之恋这样的大问题，但《新生》主人公的自我批判却有过于简单之嫌。因此，主人公持有肯定态度的心情不能不说太自私了。不客气地说，不正是因为这种关照上对自己的姑息，才使得今日文坛疏远了藤村氏吗？"又过了若干年，在遗稿《一个傻瓜的一生》（1927）之四十六《谎言》中，芥川仍对藤村的《新生》耿耿于怀，说它一如卢梭的《忏悔录》，充满了英雄式的谎言："他（傻瓜）还从来没有遇见过像《新生》的主人公那样老奸巨猾和伪善的人。"在《侏儒的话》（1923—1926）之《〈新生〉读后》中，则来了个仅一句话的当头棒喝："果然能有'新生'吗？"

芥川的《文坛小语》（1920）之三引用永井荷风的话说："无力养活父母子女兄弟之人，不可从事文艺这一职业。"——或许他与荷风都是有所指的吧。后来，荷风在《濹东绮谭》（1937）里写道："阿雪取过一个坐垫，放在窗槛上，然后坐了上去，注视着天空。'我说你呀！'她突然握住了我的手说，'如果我还清了账，你肯娶我作妻吗？''我这号人，能有啥用噢。''你是说自己没资格讨老婆吗？''要是没有让她吃饱的能力，那有什么资格。'"

如此说来，藤村果然是没有资格的，《破戒》写得再好又有啥用。

（岛崎藤村《破戒》《千曲川风情》，陈德文译。约翰·内森《夏目漱石传》，邢葳葳译；夏目漱石《秋风》，梅定娥译。《芥川龙之介全集》，高慧勤、魏大海主编；《罗生门：芥川龙之介中短篇小说选》，楼适夷、吕元明、文洁若译；《中国游记》，秦刚译。永井荷风《濹东绮谭》，谭晶华译。）

"女学生"问题

一

古代社会男尊女卑，仅就学校教育而言，只有男子有上学权，女子没有上学权。孔门弟子三千人，没有一个女学生。除了《牡丹亭》里的杜府家教陈最良老师，以及李贽、袁枚等收过女弟子，在中国就不大听说还有其他例子。

学校里出现女学生，还是比较晚近的事。日本比中国先行一步，明治时期，各地女学校层出不穷，女学生成了那个时代的象征，也因此成了那时候的新问题。

在夏目漱石的《我是猫》（1905—1906）里，聚在苦沙弥周围的一帮假名士，便对女学生说三道四，信口雌黄：

> 现在人们常常责难这责难那，说什么现在女学生品行堕落，其实过去要比现在厉害得多哪。

> 最近一段时间，女孩子们在学校放学回家的路上，

或者在合奏会、慈善会、游园会上，都在自己出售自己，好像是说："您不想买我吗？哟，不想买吗？"……人一旦增加了独立性，自然就会出现这种情况的。

诚如尊论，当今的女学生、阔小姐们，自尊心已经深入骨髓啦，不论什么都绝不肯输给男子，真使我敬佩之至。拿我附近的女学校的学生们来说，可了不得！她们穿着男人穿的窄袖衣服，练单杠，多么了不起！我每次透过楼上的窗子，看她们做体操，总使我想起遥远的希腊妇女哩。

最近这些女学生们嘴巴子越来越坏，这怎么行。

现在的妻子，是在女学校里穿着灯笼裤锻炼其牢固的个性，梳着西洋式的发髻嫁过来的，当然不会按照丈夫的希望行事。

差不多同一时期，田山花袋的《棉被》（1907）里，也谈到了这个问题。

四五年来，女子教育日益勃兴，女子大学纷纷设立，女性束庇发、穿绛紫色和服裙裤，已经没有人还为跟男性并肩走路而害羞。

　　女学生越来越强势，已经看不到自己谈恋爱时的那种传统女孩儿了。无论是谈情说爱，还是谈论文学，或是议论政治，青年人的态度都发生了翻天覆地的变化，似乎与自己这代人永远也不能互相沟通了。

　　中国则私立学校先行一步，大约五四前后，公立大学也开始招收女学生。1917年吴梅所拟的北大校歌里，有"男儿自有真"之句，表明那时北大是没有女学生的。1920年北大招收三个女学生入学旁听，成为中国首个实现男女同校的公立大学。日本则稍早，1913年东北大学招收三个女学生入学，成为日本首个男女同校的国立大学。

　　1921年芥川龙之介访问中国时，也特别注意到了中国的女学生，其4月20日自上海致小岛政二郎美术明信片云："南京路即相当于上海之银座大街，我所去咖啡馆、书店等皆在此处。中国新派女学生烫着刘海，围着羊毛披肩，其昂首阔步之奇观仅在此处可见。"稍后在杭州，他在孤山看到："此时的湖面上，还有一艘白色的船在四五个女学生的挥桨下，正朝着湖心亭方向驶去。""岸边柳絮飞舞之中，身着白衣黑裙的中国女学生二三十人，成群结队地向西泠桥方向走去。"（《江南游记》，1922）于此他都作为稀奇的风景记录了下来，说明他对中国女学生仍有点少见多怪。在从中国回日本后接受《日华公论》采访的采访录《新艺术家眼中的中国印象》（1921）中，芥川还对当时中国女学生的崇洋风气提出了批评："从中国的学生到留短发的妇女，她们都非常喜欢新潮，但我认为这实际上只是一种盲目的崇洋，是一件十分危险的事情。"

二

先得有女学生，然后才会有女先生。女先生的出现，大抵在女学生之后；女先生的大量出现，则应是更晚以后的事了。加莱亚诺曾提到，大约在20世纪初，也就是《我是猫》和《棉被》的时代，西班牙出现了第一个大学女教授，然而，"没有一个学生肯屈尊去听她的课，她在空无一人的课堂上讲课"（《镜子：照出你看不见的世界史》，2009，2010）。所以在很长一段时间里，学校里大都只有男先生，或以男先生占绝大多数。那时候男先生教女学生，比女先生教女学生多得多。

女学生出现在学校里以后，当然也会出现在文学里。随之而来的，女学生与男先生的关系问题，自然也会出现在文学里，而其中最敏感的，就是"师生恋"问题。

> 时髦、现代而美丽的女学生，像仰慕世上的伟人那样

"老师！老师！"地叫着，谁能不为之动心呢？（《棉被》）

后来早已司空见惯的事，在一个多世纪前，还是具有强大杀伤力的。这不，日本明治后期，《棉被》里这个男先生，这个已婚小说家，面对美丽的女弟子，首先就"破防"了。

表现"师生恋"，在日本文学中，着先鞭的就是这部《棉被》；在中国文学里，20 世纪 40 年代，张爱玲的《殷宝滟送花楼会》、杨绛的《小阳春》等，都是这一题材的出色之作，虽然时间上稍迟了点，但水平也足以颉颃了——不，岂止是颉颃，窃以为还要更胜一筹。

《棉被》中心理刻画最细腻的，应该是男先生那个角色了，天人交战，双手互搏，一会儿天使一会儿魔鬼，既想做唐璜又要做登徒子（宋玉《登徒子好色赋》本义上的）；相比之下，女学生的心理活动，读者就不甚了然了——欲知女学生的心理活动，得读《殷宝滟送花楼会》之类。

《棉被》中的主人公，挣扎于本能欲望和道德约束之间，找不到出路，如果是在张爱玲的笔下，一篇《五四遗事》就把所有问题都解决了——当然只是讽刺性的解决。

三

一般都从"私小说"角度评价《棉被》，认为它是"私小说"

的开山之作，但其实它也是"师生恋"的开山之作，而且一下子就达到了很高的水准。

当然，"私小说"的写作手法，应该也是推波助澜的，尽管它并未采用第一人称，为此还遭到了芥川的嘲讽，见其《侏儒的话》（1923—1926）之《一种辩护》。这是因为，"私"在日语里是"我"的意思，日语里的"私小说"源自德语Ich-Roman，本义是"第一人称小说"，但在日语里专用于写作者身边琐事的小说，哪怕小说采用的是第二、第三人称。而在日语里，"第一人称小说"则用了Ich-Roman的音译"イッヒロマン"（参见拙著《胡言词典（合集版增订本）》相关条目）。

《棉被》问世十年后，1917年新春，读各家杂志的新年号时，芥川对花袋痛下酷评："田山的作品无一可取。《中央公论》关于和尚与艺伎的故事简直俗不可耐。此君标榜自然主义，却写不出自然主义的小说。这不是秃子做生发广告吗？"（1917年1月18日自镰仓致松冈让）他所谓的"无一可取"中，自然也包括了《棉被》吧。

"不取"《棉被》的，还有周氏兄弟。1923年6月，作为"世界文学"丛书之一种，上海商务印书馆出版了周氏兄弟翻译的《现代日本小说集》。周作人在该书《序》中特地说明了未收入《棉被》的理由："这部小集原以现代为限，日本的现代文学里固然含有不少的自然派的精神，但是那以决定论为本的悲观的物质主义的文学可以说已经是文艺史上的陈迹了，——因此田山花袋的《棉被》等虽然也曾爱读，但没有将他收到这集里去。"——可注意者，一是周作人也曾爱读《棉被》，二是他认为《棉被》是"以决定论为本的悲观的物质主义的文学"的过时之作——这与"私小说"的说法也相去太远了吧。

后来，周作人说鲁迅于"自然主义盛行时亦只取田山花袋的小说《棉被》一读，似不甚感兴味"（《关于鲁迅之二》，1936），这或许也是它未被收入《现代日本小说集》的另一个理由。有意思的是，对于《棉被》，周氏兄弟一个"爱读"，一个"不甚感兴味"，阅读趣味悬殊。

四

过了八十多年，关于"女学生"问题，筒井康隆的《文学部唯野教授》（1990）里有一番后现代式的毒舌："教授和女大学生的办公室丑闻差不多都是那些男学生周刊杂志式胡思乱想的产物……现在的女学生对消费社会的阶级制度那个敏感，她们根本就不可能对文学部的男生感兴趣。所以那些呆头呆脑的男生们流着鼻血集体上火呢。他们在脑子里创作着黄色录像的剧情到处散布谣言。"所云与《棉被》恍如隔了不知几世，显示了日本社会近百年来的巨大变迁。

但仍是单身的唯野教授，正如《棉被》里的那个小说家，未能免俗，还是被一个女生攻陷了。"那女生穿着一身现在的女学生很少穿的大红套装。唯野看到她眼里瞬间闪过的金光，想不到文学部还有这么漂亮的姑娘，不由怦然心动。"她的名字叫夏本奈美子，是文学部日文专业的学生，也是作家"野田耽二"的铁粉。她看穿了他的真实身份，就是文学部的唯野教授，主动展开了凌厉的攻势。"她是为了造访我才穿了这么一套三十年代样式的套装吧？"唯野教授的这一推测，串起了一整部女学生的昭和史。

不过，"像你这样剔透得令人窒息的小美人儿找我要说悄悄话，我本能的反应就是这个爷们儿的天大的事儿都应该往后推"，放在今天，如果唯野教授还是用这种轻浮口气同初次见面的漂亮女生说话的话，大概率是会被告到日本大学里的防止性骚扰委员会吃不了兜着走的。

（夏目漱石《我是猫》，刘振瀛译。田山花袋《棉被》，周阅译。《芥川龙之介全集》，高慧勤、魏大海主编；《罗生门：芥川龙之介中短篇小说选》，楼适夷、吕元明、文洁若译；《中国游记》，秦刚译。加莱亚诺《镜子：照出你看不见的世界史》，张伟劼译。《现代日本小说集》，鲁迅、周作人译。筒井康隆《文学部唯野教授》，何晓毅译。）

明治汉学与西学

一

日本的明治时期，是一个新旧交替的大变动时期，跟文化有关者，就是汉学与西学势力的此消彼长。在那一代的文人身上，可以分明看到其影响。

汉学和西学势力交替的标志之一，是"诗""歌""文"等称呼的演变。在日本，一直到明治维新以前，正如在中国一样，汉诗都只称"诗"，汉文也只称"文"，二者合称"诗文"；相应地，和歌（倭歌）简称"歌"，与"诗"合称"诗歌"。林梅洞、林鹅峰《史馆茗话》（1668）云："圆融上皇大井河御游，分诗、歌、管弦三船，群臣各乘其所长，以施其艺。藤公任并达三艺，船司问曰：'君可乘何船？'公任乘倭歌船，献秀歌。继而悔曰：'倭歌者人人咏之，不如乘诗船之愈也。'其后白河帝大井河行幸，又连三船。源经信乘管弦船，勤其事，而并献诗、歌，时人服其多艺。盖闻公任之所以悔而所然乎？"即是其例——这种活动一直延续到了现代，即川端康成《彩虹几度》（1950—1951）里青木说的"三船祭"："据说为追忆王朝公卿以诗、歌、管弦等三船游乐的雅兴，新绿时节举行船祭。据说在红叶时节，天龙寺船和角仓船也都出来。"明治维新以后，受西洋文学影响的"新体诗"流行起来，为与此前从中国传来的"诗"相区别，新体诗人改称传统的"诗"为"汉诗"；相应地，传统的"文"也改称为"汉文"。

作为汉学和西学势力交替的另一个标志，芥川龙之介和永井荷风都不约而同地提到，文人们不再使用雅号了。芥川说："现在，日本作家大多不用雅号。以其有无雅号，足可辨别文坛上的新人与旧人。所以，从前曾有过雅号而今弃之不用者，竟也为数不少。雅号命运之不幸，甚矣。"（《肉骨茶·雅号》，1920）荷风说："文士不再喜欢使用雅号，也是自明治、大正之交开始的事。虽说这也许是偶然的现象，但不能说和思想方法全然没有关系。"（《葛饰土产》，1947）

二

明治时期日本全盘西化，正如夏目漱石的《三四郎》（1908）所说："从思想界来说，明治时代四十年的历史，重现了相当于西洋三百年间的重大变动。"但汉文学一时反见其盛，让很多人觉得不可思议。如大町桂月的《明治文坛の奇現象》（收入其《（增订）笔のしづく》，1911）写道："及至明治之世，西洋之文学、思想蜂拥而入，是未足为奇；小说一改面目而勃兴，是未足为奇；新体诗勃兴，是亦未足为奇。惟有期当废灭之汉诗，却反见兴盛，且日见其佳，是吾人所不得不视为不可思议之事。汉籍传入以来二千年，作汉诗技巧之发达，未有如明治时代者。"荷风的《濹东绮谭》（1937）之《作后赘言》也提到，"明治初年诗文最为流行"——当然不仅限于明治初年。

尤可注意者，明治时期的汉学之盛，与西学流行并行不悖，反而有相得益彰之效。如芥川的《肉骨茶·〈罪与罚〉》提到，森鸥外主编的《栅草纸》第四十七期上，发表了谪天情仙的七言绝句《读〈罪与罚〉上篇》组诗。就西方小说题汉诗，这组绝句或为其嚆矢：

考虑闪来如电光，茫然飞入老婆房。自谈罪迹真耶假，警吏暗杀狂不狂。（第十三回）

穷女病妻哀泪红，车声辘辘仆家翁。倾囊相救客何侠，一度相逢酒肆中。（第十四回）

可怜小女去邀宾，慈善书生半死身。见到室中无一物，感恩人是动情人。（第十八回）

芥川接着说："汉诗写得好坏姑且不论，念及明治二十六年（1893）文坛已有人议论陀思妥耶夫斯基，对这几首汉诗情不自禁吟咏开颜者，岂止我寿陵余子一人？！"

　　果然果然，百余年后我读到这组汉诗，对照《罪与罚》的故事情节，也情不自禁吟咏开颜，对于明治时期的汉学之盛，与西学流行的相得益彰，益发增添了鲜活的印象。《罪与罚》六章加尾声，每章五六七八节不等，尾声二节，全书共计四十一节。这组汉诗所谓的第几回，是不分章、通算节的，第十三回、第十四回即第二章第六节、第七节，第十八回即第三章第四节。我对照了一下相关章节的故事情节，这组汉诗果然写得生动有趣，难怪芥川为之情不自禁吟咏开颜。另外，作者不管章节之分而统算成"回"，也显示了中国传统章回小说的影响犹在。

三

　　荷风在《法兰西物语》（1909）里，谈到自己从汉学转向西学的心路历程，在那代人中应该是有代表性的："随着时代思想和趣味的变迁，我以前喜欢背诵的《唐诗选》和《三体诗》现在一首也记不起来了。只有高启的那一句'十载长嗟故旧分，半归黄土半青云'的启承之句，由于描写了游子的境遇，令我至今还经常想起。不由得觉得这两句诗的伤感优美之处像极了音乐，也像极了魏尔伦的诗作。"（《晚餐》）这个时间顺序颠倒的比喻，也正如他后来说王次回的《疑雨集》

像波德莱尔的《恶之花》，表示在他心目中文学的权衡已经从中国移向西洋，从玉谿生、韩冬郎转向了波德莱尔、魏尔伦（参见拙文《永井荷风的汉诗》，收入拙著《东洋的幻象》）。其实从小背熟的汉诗哪有那么容易遗忘的，这番话只不过表明了其心态已有所变化而已。

在荷风的《梅雨时节》（1931）里，东京大学的汉学教授清冈熙，起先参加了中村敬宇的同人社，后来师从佐藤牧山和信夫恕轩，在退休前的三十年里，一直负责汉文讲座。他对时势深有感触，平时总是对学生说，如今再没有比学汉文学那样的死文学更愚蠢的事了，出于爱好把它作为古董来欣赏则是另外一回事。别人向他提意见，他笑而不答——这也同样反映了荷风对汉学的上述心态吧——他的汉学是好的，也是始终喜欢的，但是又失去了信心，想要对之说"沙扬娜拉"（再见）了。

不过，谷崎润一郎在《中国趣味》（1922）里，谈到了他对中国趣味的矛盾心态，却显示了告别汉学并不那么容易：

> 说起中国趣味，如果只是把它说成是趣味的话，似乎有些言轻了，其实它与我们的生活似有超乎想象的深切关系。今天我们这些日本人看起来差不多都已经完全接受了西欧的文化，而且被其同化了，但出乎一般人的想象，中国趣味依然顽强地根植于我们的血管深处，这

一事实很令人惊讶。近来，我对此尤有深切的感受。有不少人在以前认为东方艺术已经落伍了，不将其放在眼里，心里一味地憧憬和心醉于西欧的文化文明，可到了一定的阶段时，又回复到了日本趣味，而最终又趋向中国趣味了，这样的情形好像很普通，我自己也是这样的一个人……

对于如此富于魅力的中国趣味，我感到有一种如景仰故土山河般的强烈的憧憬，同时又感到一种恐惧……我自己越能感受中国文化的诱惑力，对此我也就越感到恐惧……后来，我曾去中国旅行了一次（1918）。虽说我对中国怀着恐惧，但我书架上有关中国的书籍却是有增无减。我虽在告诫自己不要再看了，却会不时地打开二十年前所爱读的李白和杜甫的诗集："啊，李白和杜甫！多么伟大的诗人啊！哪怕是莎翁，哪怕是但丁，难道真的比他们了不起吗？"每次阅读，我都会被这些诗作的魅力所打动……

以后我当何去何从呢？眼下的我，一方面是尽可能抗拒中国趣味，一方面又不时地以一种渴望见到父母的心态悄然归返到彼处。就这样反复再三，不能止行。

因为中国文化主静而非主动，所以谷崎既担心受其消极影响，却又深受中国趣味吸引而难以自拔，他坦率地说出了自己的矛盾心态。

荷风与谷崎身上所显示的,可以说是经历明治维新以后,面对"时代思想和趣味的变迁",也就是汉学与西学的此消彼长,日本文人的两种基本心态了。

四

明治以后日本社会全盘西化,其利弊得失,不是三言两语能够说清的,但与历史上的全盘汉化相比,荷风认为还是有所不及的:

> 我国旧时代的艺文没有不模仿中国的,这和大正、昭和文化全盘西化似乎没什么两样。我国文化无论今昔都不外乎是他国文化之假借。唯仔细加以研究,今昔之间稍有差异的是关于假借的方法和模仿的精神:一是极为真率;一是甚为轻浮。一是对他国文化认真咀嚼玩味,使之成为自己囊中之物;一是相反,一味急着迎合新奇而全然无遑顾盼自己。所以然者何?是今人之智能劣于古人,还是为时势所累?我不知也。我只是看到墨堤处处至今仍然残存的碑文,觉得鹏斋、米庵等人的书风并不比中国古今名家逊色;相反,建立于东京市中的铜像比起西洋城市的雕刻拙劣得多。江户旧文化的模仿中国

与当代文化的模仿西洋，谁能说没有优劣之别呢？（《向岛》，1927）

是耶非耶？百余年来似仍无定论，且留待后人继续评说。

在谷崎的《金色之死》（1914）中，"我"的友人冈村完成了其心目中的艺术杰作："在突兀耸立的南派画风的奇峰秀岭的顶上，耸立着几座中国风的楼阁，让人联想到《游仙窟》中的诗句……众多山谷中的丹楹粉壁在朝阳下熠熠生辉，圆柱檐瓦在夕阳下金光闪闪，让人不禁惊叹仿佛是古诗中所云的'蜀山兀，阿房出'在此重现……尤其令人赞叹不已的是，在入口处的石门的大道两旁，有着模仿明十三陵的象、虎、麒麟、马等的坐像和立像……"这也可以看作是谷崎对明治汉学最后一缕回光返照的象征性描写了，因为极度崇拜西洋的冈村终将从东洋转向西洋。

（川端康成《彩虹几度》，孔宪科译。《芥川龙之介全集》，高慧勤、魏大海主编。永井荷风《晴日木屐》，陈德文译；《濹东绮谭》，谭晶华译；《法兰西物语》，陆菁、向轩译；《梅雨时节》，郭洁敏译。夏目漱石《三四郎》，陈德文译。谷崎润一郎《中国趣味》，徐静波译；《金色之死》，覃思远译。）

"素读"与"训读"

一

日本传统的汉诗文读法，其第一阶段，或其第一步，采用与中国传统读法一样的"素读"法，也就是只读原文，不加解释——"我们先前的学古文也用同样的方法，教师并不讲解，只要你死读，自己去记住，分析，比较去。"（鲁迅《人生识字胡涂始》，1935）对此，谷崎润一郎有亲身经历、切身体会：

　　从前寺子屋教授汉文的读法，称为"素读教法"。所谓"素读"，就是不讲解，只朗读。我少年时还有寺子屋，一面上小学，一面还去那里学习汉文。老师把书翻开放在书桌上，拿着棒子一面指着文字，一面朗读出来，学生热心地听着。老师读完一段时，轮到自己高声读，如果能读得满意，就继续往前读。《（日本）外史》和《论语》就这样教，对其中意思的解释，如果学生问，老师会回答，一般是不说明的。不过，古典文章大体上音调都很流畅，就算不明白意思，句子还是会留在耳里，自然涌上嘴唇。少年长成青年，直到老年，每次遇到机会，就会一再回想起来，因此渐渐开始明白意思。谚语说"读书百遍，其义自见"，就是指这个。听过讲解虽然明白意思了，但光是明白，却未必能体会言外之意，因此往往当场就忘了……这种模糊的了解方式，或许才是对的……这样看来，不解释而只教授素读的寺子屋式教法，或许是让学生掌握真正理解能力的最适当方法。（《文章读本》，1934）

虽说是学习，即普通所谓的"通读"，并不进行文章的解释，只停留于音读阶段。例如："心不在焉。视而不见。听而不闻。食而不知其味。此谓修身在正其心。右传之七章。释正心修身。"先是由先生读我们听，接着由学生照着读。文字只要读准了，就算通过，继续进行下去。木板印刷的《大学》原文，先生用点字尺，一一指点着活字版上的大号字体教学生阅读。（《幼少时代·秋香塾与暑期讲习会》，1956）

谷崎的《少将滋干之母》（1950）里，太宰府大纳言教儿子滋干背诵白居易诗，用的也是"素读"法："孩子，我来教你背诗吧。这是大唐的一个叫作白乐天的人作的。小孩子也许不懂诗的意思，没有关系，照我教的背就行了。孩子，等你长大了，自然就明白了。"大纳言这种教孩子背诗的方法，与中国人教孩子背诗的方法如出一辙。

"少时读晁补之游记（《新城游北山记》），至今仍能背诵这样的句子：'于时九月，天高露清，山空月明，仰视星斗皆光大，如适在人上。窗间竹数十竿相摩戛，声切切不已。竹间梅棕，森然如鬼魅离立突鬓之状。二三子又相顾魄动而不得寐。迟明，皆去。'我在嘴里反复吟咏，不由笑起来。"（《草枕》，1906）夏目漱石这里所说的"背诵"，应该就是少时"素读"的结果，这也是"我"的童子功之一了。

另外，所谓"素读"，还应该是读出声的"朗读"或"诵读"，而不是不出声的"默读"，正如川端康成所说："意思不明白也不要紧，发出声音读着试试看。不出声读书什么的，好像也就始于近世吧。"这里所谓的"近世"，大抵指明治时期。"正如现今在老人和孩子中也仍然留有诵读的习惯一般，从诵读到默读走过了漫长的历史过程。默读成为一种普遍的现象，大致始于明治时代，时日尚浅……在默读盛行的环境中，诵读的历史和传统也能得以保存和发扬的那一天仍未到来。"（《东海道》）过去读古诗词的所谓"吟诵""吟咏""吟唱"，也是"朗读"或"诵读"的一种吧。而明治时期从"诵读"到"默读"的变迁，似乎也正好与逐渐放弃"素读"同步。

二

通过"素读"打下基础，记熟了一定数量的汉诗文以后，就轮到"训读"登场了，也就是具体解读其字词句篇，了解其中所蕴含的微言大义。这是汉诗文读法的第二阶段，或其第二步，也就是"训读"法。

比如在《今昔物语集》（约1120）卷二十四"本朝世俗"里，第二十七篇《大江朝纲故居的老尼修改诗句读法》（同话见《江谈抄》第四卷第六十三篇）、第二十八篇《天满天神梦示御制诗读法》（同话见《江谈抄》第四卷第六十六篇），都谈到了关于汉诗的训读问题。前者中的老尼说："我听各位老爷方才吟'月上长安百尺楼'之句，但是宰相在世时吟的却是'因月才上百尺楼'，两者似有不同。想来月亮如何上楼，只是人为了赏月才上楼的。"也就是说，关于"月上长安百尺楼"的主语，究竟是"月"还是"人"，在日本存在两种训读法。后者举例菅原道真《菅家后集》（903）中《咏乐天北窗三友诗》的"东行西行云渺渺，二月三月日迟迟"，说是后人竞相传诵这首诗，但是无人懂得其正确训读法，菅原道真不得不托梦某人，指点应该如此这般地训读。

又如漱石在《落第》（1906）里介绍，训读分为老师的主讲与学生的轮讲。"我的初中生活乏善可陈，只读了两三年便退学，转学去了三岛中洲老师的二松学舍……上课时，学生们毫无秩序地围坐在一处，听老师讲课。轮讲就像抽纸牌一般轮流进行。决定轮讲顺序时，会在竹筒中放入细长的竹签，摇晃竹筒后，学生从中抽取一根，根据签上的数字决定顺序。签上写的并非是一、二、三等单纯的数字，而是一东、二冬、三江、四支、五微、六鱼、七虞、八齐、九佳、十灰等，连抽签都要体现汉学。其中，有的签会省去一、二、三等数字，只写东、冬、江等诗韵。抽到虞就是第七，抽到微则是第五，一目了然。因此，有时也会用这种签决定轮讲顺序。学舍早上六点或七点开始上课，与过去的寺子屋无异，没有一点儿像学校的地方。"老师主讲也好学生轮讲也好，都是用"训读"法来读解汉诗文。

在东亚汉文化圈，"训读"是具有各地区语言特色的，即各地区按照各自语言的习惯，或颠倒语顺，或增加助词，以帮助理解。

三

由此可见，在对汉诗文作"训读"之前，学子都应该先熟读成诵的，只是对其的理解各有不同。这个"训读"前的阶段，在日本就叫作"素读"。在整个东亚汉文化圈，都存在着"素读"的阶段。比如在韩国的大田，我就曾亲耳聆听过，孩子们素读《大学》，用的自然是韩语读音。这是汉诗文读法的第一步，也就是第一阶段。

我们看谷崎从小所受的"素读"法，就是像中国人一样的传统读法——当然读音与中国不同，用的是日语读音。但即使在中国本土，除了"雅言""官话""普通话"等以外，各地读音也会不同，带上各地方言的色彩，也就是所谓的"白读"。"文同音不同""书能同文而文难同音"，这是关于汉字的常识，放之东亚汉文化圈而皆准的。

"训读"只是第二阶段的读法，那才是具有各自语言特点的。这是进入专业学习阶段以后的读法，一般人大都不会到达那个阶段。也就是说，在经典阅读的初级阶段，东亚各地区都是只读原文、不加解释的，这就是"素读"法。这曾是东亚汉文化圈的共同做法，也是东亚汉文化圈的共同基础。

今天有人之所以忘了这一点，认为东亚各地区阅读汉诗文，都是用所谓的"训读法"来读的，于是所读的经典虽然相同，但所用的读法却完全不同，因此东亚文化是完全不同的，乃是因为西风东渐以后，东亚各地区都不再"素读"了——基础教育里的汉文课，战后大都直接训读了；专门学习汉诗文经典的人，进了大学的中文系（或汉文系）以后，上来就由老师带着"训读"，直接跳过了"素读"的阶段。这样培养出来的专业学者，一不留神就容易数典忘祖，以为经典读法都是各自为政的，进而证明东亚文化也无共同性。但回顾一下谷崎的自述，以及漱石和川端的说法，就知道这其实是偏颇之见了。

　　更不要说无论"素读"还是"训读",其所读的内容,都是东亚共同的汉诗文经典。这比什么都雄辩有力地证明,东亚具有共同的汉文化基础。

　　(谷崎润一郎《文章读本》,赖明珠译;《幼少时代》,陈德文译;《少将滋干之母》,竺家荣译。《夏目漱石回忆录》,陈修齐译;夏目漱石《草枕》,陈德文译。川端康成《东海道》,康林译。《今昔物语集》,北京编译社译,张龙妹校注。)

漱石的汉学

一

汉学于夏目漱石是"童子功"。漱石入二松学舍学习汉学，是明治十四十五年（1881—1882）间、他虚岁十五六岁时的事情。可见当时的日本虽已走向了"文明开化"，但一般人学习汉学的学舍还是很多的。"我原本就喜欢汉学，出于兴趣，阅读了许多汉文书籍。虽然现在研究的是英美文学，那时却极其讨厌英语，对英文书籍是连碰都不想碰的……但仔细想想，只阅读汉文书籍，在这个文明开化的时代做一个汉学家也挺没意思的。"（《落第》，1906）对于少年时代的漱石来说，虽然关于学习对象的选择，时代的动向也发生了影响，一如当时的其他文人学者，但对汉学的兴趣仍是基本的。"我十五六岁时读了许多汉籍和小说，觉得文学甚是有趣，自己也想尝试着创作。"（《处女作追忆谈》，1908）"余儿时诵唐宋数千言，喜作为文章。或极意雕琢，经旬而始成；或咄嗟冲口而发，自觉澹然有朴气。窃谓古作者岂难臻哉，遂有意于以文立身。"（《木屑录》，1889）看来从小爱好、学习的汉学，也是漱石创作的源泉之一。

在《草枕》（1906）中，漱石通过画家主人公之口，表达了自己对于汉诗的理解，对于陶渊明和王维的喜爱。

"采菊东篱下，悠然见南山。"单在这两句诗里，就有完全忘却人世痛苦的意思。这里既没有邻家姑娘隔墙窥探，也没有亲戚朋友在南山供职。这是抛却一切利害得失、超然出世的心情。"独坐幽篁里，弹琴复长啸。深林人不知，明月来相照。"仅仅二十个字，就建立起别一个优雅的乾坤。这个乾坤的功德，并非《不如归》和《金色夜叉》那样的功德，而是对轮船、火车、权利、义务、道德、礼仪感到腻烦以后，忘掉一切，沉睡未醒的功德。

如果说睡眠是20世纪所需要的，那么这种含有出世意味的诗作，对于20世纪来说也是宝贵的。遗憾的是，如今写诗和读诗的人，全都受到西洋人的影响，没有人愿意驾起扁舟，悠悠然去追溯桃花源的所在了。我本来不想以诗人为职业，所以无意将王维、陶渊明所追求的境界在当今的世界上推而广之。只是觉得对于自己来说，此种感受比起参加一次游艺会或舞会更加有用，比看一场《浮士德》或《哈姆雷特》更值得珍视。独自一人背负着画具和三脚架，盘桓于春天的山路上，正是为了这个目的。我想直接从大自然中吸收陶渊明、王维的诗的意境，须臾间逍遥于非人情的天地之间。这是一种令人沉醉的雅兴。

在一个"文明开化"、全盘西化的时代，漱石主张中国传统自然观的价值，这也是东亚曾经共享过的价值观，而其基础就是他从小喜欢的汉学——其"漱石"之雅号也来源于此。

二

漱石的《漫忆》（1910），回忆该年中的大病之事时说，其时只有俳句、汉诗可以自慰。他在修善寺养病期间，一共作了十八首俳句和十六首汉诗（都是无题诗）。对于病中的他来说，俳句与汉诗是一种难得的慰藉，它们的价值与写得好坏全不相干；或者反过来说，也只有在病中，才有闲暇和心情作它们。"病中吟得的俳句和诗，并非为了解闷和闲极无聊所作，而是逃离了现实生活压迫的心灵，蹦回到了原本就该享有的自由无羁之境，获得充分的余裕时，弥漫浮现而出的一种绝妙的彩纹。兴味油然而生，无意间已让我觉得欣喜。而把捉住兴味，反复含咏咀嚼，使之成为俳句和诗，其顺序和过程，在我又是一喜。末了，待俳句和诗写成，原先无形的情趣，经由创造，赫然出现在了眼前，便愈发觉得欣喜不已，以致连自己的情趣与形式是否真的那么有价值，一时都无暇去顾及了……我平日迫于事务，连简便的俳句都不作，至于汉诗，因为太烦难，就更无从着手了。唯有像这般远远地打量着现实世界，杳渺的心底不见半点滓碍时，俳句才会自然而然地涌出，诗也乘兴以种种形式浮现。这样，回顾起来，那段日子实在是我平生最为幸福的一段时期。"（《漫忆》之五）

漱石以为，俳句和汉诗之所以有如此效力，能够慰藉病中的自己，不仅仅是出于个人的喜好，也是因为自古以来的传统。"要说像我这样平仄都分不大清、韵脚也只记得个笼统的人，竟敢费心费力地在中国人独擅胜场的地方下功夫，实在连我自己都觉得不可思议。不过，（平仄韵脚姑且不提）由于汉诗的情趣从王朝时代以来传习既久，早已日本化，因而时至今日，又岂能轻而易举就把它从我们这个岁数的日本人头脑里褫夺走呢……宜于承载风雅的器具，要是在粗拙的十七字和佶屈聱牙的汉诗之外，日本还能有所发明，那该多好啊。姑且不谈这个，即便没有的话，此时此刻，面对如此情景，始终忍受那份粗拙和佶屈，从中把玩风雅，我也终将一无所悔。故而我觉得，日本无须去为欠缺别的体面的诗体而抱憾。"（《漫忆》之五）

漱石还以为，俳句、汉诗里仍存有一种古老的"风流"

之趣，为深受西洋影响的现代人所需要。"真的，这种情趣，既非高尔基、安德烈耶夫的，也非易卜生、萧伯纳的，而是属于他们至今一无所知的另一种兴味，并且存在于他们根本无从抵达的境地……倘若因为'现代风气'的鼓动，一年三百六十五天里，天天目不斜视，专注于人世的观察，那么这样的人世，想必是让人觉得逼仄而败兴的。说不定倒是这种旧式情趣，偶尔还能在我们的内心生活深处投射进一层新意。我因罹病而获此陈腐的幸福和烂熟的宽裕，感觉就像是远涉重洋游学归来，第一次面对稀松平常的大米饭时的那种心情。"（《漫忆》之四）这其实也说出了明治时期汉学为何一时反见其盛的一个原因，后来谷崎润一郎在《中国趣味》（1922）里说的矛盾心态也与之相仿。

漱石评价汉诗的标准也与众不同，不管别人如何评价，他是完全按照一己嗜好来取舍的，显示出足够的自信。"恰如跟画差不多同时嗜好上的诗一样，不管出于何等大家的手笔，不管如何的前无古人后无来者，不对我心思者，我压根儿不觉得自己有顾盼的义务。（我把汉诗内容一分为三，挚爱其一部分，同时痛加诋毁另一部分，至于剩下的三分之一，则说不上是喜欢还是嫌恶。）"（《漫忆》之二十四）他对汉诗的这种"自我中心"态度，跟他经历了"伦敦顿悟"（见下篇）以后对西洋文学的态度也是一致的。

在他临终那一年（1916），从8月14日到11月20日，短短三个多月间，他共作了七十五首汉诗（除两首外都是无题诗），占他一生所作二百余首汉诗的三分之一强。汉诗与他的生命结下了不解之缘，越是遇到生命的挫折便越是回到汉诗，在临终时好像是回到了生命的原乡——而此时他甚至连俳句都不作了。芥川龙之介在《文艺的，过于文艺的》（1927）之十三《森先生》中评论道："就诗歌而言，只要抓住了微妙的东西，即可不必在乎某种程度上的巧拙……夏目先生的业余爱好——汉诗，特别是他晚年作的绝句等，成功地捕捉到了这种微妙。"

三

漱石对于汉学的喜爱，也反映在他的小说里，随处可见人物对汉学的嗜好，有些可能更是他的夫子自道。

在《我是猫》（1905—1906）里，聚集在苦沙弥周围的那帮人，大都具有不错的汉学素养，动不动就是《论语》啦白居易啦什么的。他们下棋走子也会引经据典："'臣死且不辞，况魋肩乎？'我来它这一着，大概可以吧。""你来这一招，好！'熏风自南来，殿阁生微凉。'我下这一招，就保住啦。"迷亭的伯父是个汉学家，年轻时在文庙迷上了朱子学，说起话来尽是子曰诗云的："孟子说过'求放心'。邵康节也说过'心要放'。"迷亭受伯父的影响，说话也是一个调调："《楚辞》上有句话'茕独而不群'，寒月君简直成了明治时期的屈原啦。"小说中人物请来的医生，名字就像从《千字文》中抄来的，叫什么"天地玄黄"。落云馆学堂的教师讲授伦理课，说自己想要高声朗诵《唐诗选》。

不仅是人物，猫也是如此。猫介绍卧龙窟主人苦沙弥和落云馆八百健儿的"战争"，先从《三国演义》《左传》说起："一讲到稍微带点诗味的野蛮人，立刻就会联想起……燕人张翼德在长坂坡横着丈八蛇矛、喝退了曹操的百万大军这一类夸大其词的事儿。""左氏在叙述'鄢陵之战'时，首先是从敌人的阵势说起的。自古以来，凡是叙述巧妙的文章，采取此类笔法是一般公认的通则。"连猫自述如何戏弄螳螂君，也是"我使用了孔明的七擒七纵的战略来攻击它"。猫还会引用《史记》的典，说什么"一饭重君恩"之类。猫还要求读者尊重自己的文章，要像柳宗元读韩愈文章那样，"据说柳宗元每读韩退之的文章时，总是用蔷薇水来净手的"。

《从此以后》（1909）里提到，代助的父亲喜欢汉诗，囫囵吞枣地读过《论语》和王阳明的书。"代助沿着走廊穿过院子，来到堂屋一看，父亲正坐在紫檀八仙桌前看汉学书。父亲喜欢诗，一有空闲就展读中国人的诗集。"代助则损他父亲写的汉诗都是乱吹一通。

《门》（1910）里提到，某杂志上突然出现了两行方块字写的诗，中间没有夹杂一个日文假名："风吹碧落浮云尽，月上东山玉一团。"宗助本来对诗呀歌呀的毫无兴趣，谁知读罢这两句，却十分佩服。他所感动的不在于这两句诗对仗工稳，而是使他想到如果人的心情也能变得同这景色一致，人生倒也有些意思，于是他的心为之一动。放下杂志后，这两句诗仍时时在他头脑中萦绕，因为实际上，在其生活中，这四五年来从未遇到过这样美丽的景色——联系上文所引《草枕》来看，这也是漱石的夫子自道吧。

宗助、阿米夫妇的日常对话，也会拿《论语》来说事。"今晚读了《论语》，好久没看啦。""《论语》上都说了些什么？""不，什么也没有。""小六兄弟还在讨厌我吗？""你又发神经啦？不管小六怎么样，只要我喜欢你不就行了？""《论语》上是这样写的吗？""嗯，是这样写的。"

其间，房东谈起他昨晚在饭馆里碰到的一个奇怪的艺伎，这个艺伎很喜欢袖珍版《论语》，不论乘火车还是赏风景，她怀里总是揣着这本书。她说，在孔子的门生里，她最喜欢子路。问她为什么，她回答，子路这人老实，教给他一件事，只要还未完成，他就不愿再询问新的事。

还是在《门》里，一个同事在上下班途中，总是从西服口袋里掏出《菜根谭》来读。他把那黄封皮的小书拿到宗助眼前说，这是很有趣的书，是讲述禅学的。后来通过他熟人的介绍，宗助果然去镰仓参禅了。

漱石自己在修善寺养病时，读的是朋友寄来的《列仙传》，靠此书获得了救助和幸福。"那是在欣喜地体验到了一种悠闲自得的心情下的阅读，而这种悠闲的心情在平素心烦气躁的时候则殊难一见……就这样，我靠读《列仙传》幸存了下来，并得以将孩提时代那种天真无邪的努力重温了一遍。单就这一点而言，对虚弱无助的我来说，已是非常幸福的了。"（《漫忆》之六）

这样的幸福，也是明治时期那代文人学者所共有的吧。

（《夏目漱石回忆录》，陈修齐译；夏目漱石《漫忆》，李振声译；《草枕》《从此以后》《门》，陈德文译；《我是猫》，刘振瀛译。）

伦敦顿悟

一

1914 年 11 月 25 日，夏目漱石在学习院辅仁会上讲演，题目是"我的个人主义"。讲演中提到，他在东京大学读了三年英国文学，毕业时却连"文学是什么"都没弄懂。然后在东京、松山、熊本各地教书，又被派到英国伦敦留学，仍始终没有弄懂这个问题。直到留学一年多后的有一天——

"此时，我第一次悟出必须靠自己的力量从根本上厘清'文学是什么'这一概念，除此之外，没有其他自我救赎的方法。我终于意识到，迄今为止我完全以他人为中心，如同无根的浮萍一般，胡乱地漂来荡去，这样是行不通的。我这里的以他人为中心，是指让他人喝自己的酒，再听取对方的品评，以对方的评价决定是非好坏，即所谓的鹦鹉学舌……

"最近流行的柏格森和倭铿就是如此，全都是西方人乱说一通后，日本人便开始盲目学习，更别说那个时候了。那时只要听说是西方人发表的言论，大家便会盲目跟风、四处显摆。因此社会上胡乱用着片假名，以此扬扬自得、逢人便吹嘘的男人，可以说比比皆是。我并非在说别人的坏话，我自己曾经就是这样的人。比如，一读到某个西方人对另一个西方人的作品的评价，我们不会考虑这个评价是否正确，也不管自己是否理解，就胡乱地四处宣扬开来。这可以说是囫囵吞枣，也可以说是机械性的知识。总之，就是把无论如何也不能说成是自己的东西的他人之物，当成是自己的东西到处散播。然而时代便是如此，当时大家都称赞这种做法。

"但是，无论被怎样称赞，因原本就是借别人的衣服摆架子，所以内心总是不安的……我开始意识到，如果不摒去浮华，变得真挚一些，那么我的内心将永远无法平静下来。

"比如，即使西方人说这首诗很不错，语调十分优美，那也是西方人的看法。虽然并非不能成为我的参考，但只要我不认同，便无论如何不能拾人牙慧。我是一个独立的日本人，绝非英国人的奴婢，身为国民的一员，就必须具备这样的见识。并且，从重视世界共通的诚实这一道德准则来看，我也不能扭曲自己的意见。

"但是，我的专业是英国文学。倘若英国本土的评论家与我的想法矛盾，我总会不自觉地感到胆怯。因此，必须思考这种矛盾究竟是从什么地方产生的。风俗、人情、习惯，追溯起来甚至连国民的性格都是这种矛盾的原因……即使我们无法调和这种矛盾，也应当是可以说明的。并且，仅仅是说明便能够给日本文坛投下一束亮光。那时，我第一次悟出了这些……

"我终于开始思考'自我中心'这四个字……手握'自我中心'这四个字之后，我开始变得十分强大，生出一种'他们算什么东西'的气概。指引曾经茫然自失的我，告诉我必须沿着这条路往前走的，正是'自我中心'这四个字。

"坦白来说，我从这四个字上找到了重新出发的方向。像现在这样跟在别人后头拾人牙慧、盲目跟风，实在让人心中不安。因此，倘若我在他们面前漂亮地抛出一个无可撼动的理由，告诉他们不用跟风西方人，那么我自己一定会觉得愉快，别人一定也会高兴……

"那时，我的不安完全消失了。我以一种轻快的心情眺望着阴郁的伦敦。"

——读到这里，我真的是大呼痛快，为漱石也为我自己。我也曾经历过类似的过程，体验到几乎一样的快乐；却眼看着多少人还在鹦鹉学舌，而且以学得惟妙惟肖为荣。时隔一个多世纪，重读漱石的这篇讲演，我也以一种轻快的心情眺望着此刻正好也阴郁着的上海，然后不厌其烦地把漱石的顿悟过程全文抄录下来……

二

漱石留学回国后执教于东京大学，讲授莎士比亚的戏剧作品。他贯彻自己的"自我中心"主张，并且把它传授给选课的学生。学生们都认为，他送给了他们宝贵的礼物，"一个学习和欣赏文学的方法"。方法之一似乎是一种有意的不敬：当时的日本一心学习西方，漱石却让学生不要把西方的莎剧评论当回事，他要把学生们从西方权威手中解放出来。1905年10月公布的学生评教信息中，某学生匿名评价道："夏目老师说，要像西方人那样去理解西方文学的经典伟大作品，既无必要，也不可能。'按你的感受去理解吧。没必要因为某个西方批评家说过什么，就必须也那么想。'"（约翰·内森《夏目漱石传》，2018）这一定会让学生醍醐灌顶、茅塞顿开、印象深刻、感觉愉快的。

在《我是猫》（1905—1906）里，漱石借衣着谈学问，表达了同样的看法：如果在衣着上日本人做不到，那么其实并不是做不到，而是西方人不那样做，所以自己也就不做；反之，只是因为洋人这样穿，所以她们才这样穿罢了。"因为西方人势力强大，所以不管是硬去模仿，还是出于闹市，总之不跟着学就感到不舒服。在人屋檐下嘛，快去平身低头吧，对强者认输吧，对压力屈服吧，这种处处奴颜婢膝未免太蠢了吧……在做学问上，又何尝不是如此。"

在《秋风》（1907）里，漱石借道也的演说，表达了类似的意见："有人不惮鼓吹英国风，这是很可怜的事，因为完全暴露了自己没有理想的事实……所有的理想都是自己的灵魂，必须从内部产生。奴隶的头脑里无法产生宏大的理想。被西洋理想碾压而眼睛昏花的日本人某种程度上都是奴隶。不但甘心做奴隶，而且还争着做奴隶，这种人的脑子里哪有培植理想的可能呢？"

在《从此以后》（1909）里，漱石借代助之口，批评了日本文人在表现"不安"上对于外国文学的模仿："俄罗斯文学中的不安，是来自天时的不顺和政治压迫；法兰西文学中的不安，是由于奸淫有夫之妇的事太多的缘故；以邓南遮为代表的意大利文学中的不安，则是表现在无限制的堕落引起的自我毁灭感。日本文学家喜欢单从不安这一角度来描写社会，所以这类作品都是模仿外国作品的产物。"

不仅是在大学课堂上，而且在创作实践中，漱石也贯彻"自我中心"，无视一切的流派、主义。"坦率地说，我既不是自然主义流派的作家，也不是象征主义流派的作家，更不是近来时常耳闻的那种新浪漫派作家。我还无法相信自己的作品已经染上了某种固定的色彩，以至于这种色彩竟达到了高声标榜上述各类主义并引起了局外人注意的程度。而且我也根本不需要这种自信。我的信念只是：我就是我自己。在我看来，既然我就是我自己，什么自然主义流派呀，象征主义流派呀，以及冠以'新'字的浪漫派呀，是与不是全都没有关系……凡滥用于文坛上的空洞无物的时髦语言，我都不想用来作为自己作品的商标。我只准备写具有自己风格的东西。"（《春分之后》序《关于〈春分之后〉》，1912）这样的声明在看重门户之见的日本文坛上显得格外珍贵。

<h2 style="text-align:center">三</h2>

在明治时期的日本文坛上，俄罗斯文学的影响几乎是一边倒的，正如芥川龙之介所说："在近代外国文艺当中，俄罗斯文艺对日本作家——毋宁说对日本读书阶层的影响最大。就连不甚了解日本古典的青年，也知道托尔斯泰、陀思妥耶夫斯基、屠格涅夫和契诃夫的作品。仅此足以证明，我们日本人对于俄罗斯格外亲近。"（《俄译本短篇集序》，1927）当时的日本，公共场所到处都是俄罗斯文学的广告。"（电车）头顶上的木框里挂满了广告……第三张广告上写着：'俄国文豪托尔斯泰的杰作——《千古之雪》，当代打斗喜剧，由小辰大一剧团演出。'大红纸上几乎被这些白字涂满了。"（《门》，1910）

已经顿悟了"自我中心"的漱石，对文学上的"恐俄病"十分警惕，在《从此以后》中借代助之口批评道："他（寺尾）很喜欢俄国的东西，尤其爱读那些无名作家的作品。他挣下的可怜的一点钱，都用来买新出的杂志了，这是他的乐趣。在他入迷的时候，代助曾冷言批评过说，文学家可不能患恐俄病啊，不经过日俄战争的人，根本谈不上了解俄国。于是，寺尾板起面孔回答，战争总会发生的，日俄战争以后，日本变得多惨，得了恐俄病的人虽说卑怯，然而却是安全的。他仍然继续鼓吹俄国文学。"漱石在此揶揄了那些极端崇拜俄国文学的日本自然主义作家们。

漱石对俄罗斯文学的态度一以贯之，也成为他传授给门人的不二信条。1916年8月24日，漱石致书久米正雄和芥川："在我看来，就像我们的士兵在日俄战争中打败了俄罗斯人一样，我们的作家也没必要在俄罗斯作家面前战战兢兢，大气都不敢喘。我在其他场合也表达过这个观点，但似乎没有对你们讲过，所以今天提一下。"（约翰·内森《夏目漱石传》）

跟当时文坛上的俄罗斯风不同，漱石自己可能更喜欢英国文学，比如梅瑞狄斯的作品之类，这可能也影响了他的文学立场。他的《虞美人草》（1907）重视戏剧性场面，也有英国小说中常见的善恶果报结局。继《我是猫》、《哥儿》（1906）的讽刺格调之后，他写出了充满诗意的《草枕》（1906）、英国小说风的《虞美人草》、表现底层劳工生活的《矿工》（1908）等，看得出来是在尝试不同的风格。结束了这一阵子的尝试历练之后，他才最终定着在了最初的风格上。

四

可能就在芥川入漱石门的前夕，亦即漱石致书芥川的大半年前，芥川还在对俄罗斯作家一边倒："最近每天都看《战争与和平》……世上居然还有写出如此作品的家伙，我们实在望尘莫及。日本还差得很远，就连夏目（漱石）也相去甚远。俄国的作家面对《战争与和平》这样的巨著，难道不会感到悲观吗？不仅《战争与和平》，还有《卡拉马佐夫兄弟》《罪与罚》，乃至《安娜·卡列尼娜》，我希望日本也有哪怕一部这样的作品。"（1915 年 12 月 3 日自田端致恒藤恭）其中最值得注意的是"日本还差得很远，就连夏目（漱石）也相去甚远"之语——年少气盛、桀骜不驯、不把文坛前辈放在眼里的文学新秀形象跃然纸上。

然而一旦拜在漱石门下，受到漱石的认可和鞭策，芥川的口气便两样了。"艺术之士应走的道路并不全是舶来的道路。要是日本人穿西装不合身的话，那么当不上托尔斯泰和雨果也是很自然的。"（1919 年 12 月 22 日自田端致小岛政二郎）"没有生长在俄罗斯的我们，根本不可能连托尔斯泰的小文章也全部通读。这虽然是不得已的命运，但我们要有外国人能看出我们也能看破的气概。"（《文艺讲座"文艺鉴赏"》，1925）芥川的这些议论，已经很像漱石了。

但与此同时，芥川仍以小说《山鹬》（1921）致敬托尔斯泰和屠格涅夫；在日本作家中，他的作品也率先被译成俄语介绍到了苏联。"我的作品译成了俄文本，自然甚感愉快……此书简单无奇，却是将你们的娜塔莎、索尼娅感同姐妹的一个日本人所撰，请以此心态阅读此书。"（《俄译本短篇集序》，1927）——对俄罗斯文学的倾倒一目了然。

在看待俄罗斯文学的态度上，似乎存在着两个芥川——也许两个都是他的本来面目。

有一天，他重访阔别已久的先生（漱石），拉住闷闷不乐的先生，探讨托尔斯泰和陀思妥耶夫斯基。尔后他离开先生的家，乘上拥挤不堪的电车，掏出俄国小说的英译本读了起来。小说写的是惊心动魄的革命故事，具有黯淡沉稳的力度。这种作品，日本作家恐怕连一行也写不出来，他当然钦佩不已，站着用彩笔在行间画了好几条标线。

在饭田桥换乘电车后，他猛然发现车窗外马路上走着两个非同寻常的男子，都是衣衫褴褛，须发蓬乱，面相怪异，正扛着扫帚，挟着挂轴，缓缓前行，仿佛从画中走出的人物。他觉得与这两人似曾相识，却又无从想起。这时，旁边一乘客发话道："欸？寒山、拾得又在逛游呐！"他半信半疑："真是寒山、拾得吗？"那乘客见怪不怪："是啊，我前两天还在商业会议所外面碰到过呢！""哦，我以为他俩早就死了呢！""哪里！不会死的。其友丰干禅师大将，也常骑着老虎在银座大街逛游呐！"电车开动了，他又继续读他的俄国小说，可没读完一页，烈性炸药已无法吸引他了。方才见到的寒山、拾得，令他倍感亲切。他透过车窗向后望去，他俩已变得小如豆粒。他将书揣回怀中，打算到家后立刻写信给先生，告诉他今天在饭田桥碰上了寒山、拾得。想到这里他又觉得，他俩在现代的东京逛游，本也是自然而然的事情。(《寒山拾得》，1920)

又一个黄昏，他在日比谷公园散步，欣赏着秋天的景色，却不由得停下了脚步。路的前方有两个男子，正轻轻挥动着竹帚，清扫着日间飘落地上的梧桐落叶。他心中一扫方才的疲劳和倦怠，充满了宁静的喜悦和依稀的光明——寒山、拾得依然活着，经历了永恒的轮回，今天就在这座公园里清扫梧桐的落叶。只要他们还活着，那令人怀念的古老东洋的秋梦，便不会从东京的街头完全消失。他轻松地吹着口哨，走出桐叶粲然的日比谷公园，嘴里喃喃自语："寒山、拾得还依然活着！"(《东洋之秋》，1920)

不管怎么说，凡事崇洋媚外，就是放弃自我，放弃"自我中心"；而只要坚持"自我中心"，寒山、拾得就依然活着，就不必对俄罗斯文学乃至整个西方文学膜拜和自卑，而只需要学习和拿来——这也是漱石和芥川留给我们东亚后人的有益教训吧。

(《夏目漱石回忆录》，陈修齐译；夏目漱石《秋风》，梅定

62

娥译；《从此以后》《门》，陈德文译；《我是猫》，刘振瀛译；
《春分之后》，赵德远译；约翰·内森《夏目漱石传》，邢葳葳译。
《芥川龙之介全集》，高慧勤、魏大海主编。）

"长相鄙视链"

一

西风压倒东风，首先就体现在对长相的认知上。在夏目漱石的小说里，经常提到西洋人长得如何漂亮，满满的都是膜拜和自卑，与他对文学的态度判若两人。如在《从此以后》（1909）里，代助被麻布的一户人家邀去参加游园会，主宾是英国的国会议员和实业界老板。这些高个子男人每人都领着自己的妻子，她们都是容颜标致的西方美人，戴着夹鼻眼镜，到了日本，装扮得更加姿色动人，手里炫耀般地打着不知从何处买来的岐阜产的彩绘阳伞。在《三四郎》（1908）里，三四郎从老家上东京读书，火车停靠滨松站，从车窗向外一看，四五个洋人在列车面前走来走去。有一对像是夫妇，大热天里还那么手挽着手，女的浑身穿着洁白的衣服，煞是漂亮。三四郎有生以来只见过五六个洋人，眼前这些打扮得时髦而华美的西洋人不仅很少见，而且显得颇为高贵，三四郎简直看得出了神。他想，他们那样趾高气扬是理所当然的，自己要是到了西洋，夹在这帮人中间，那该有多寒酸啊！

代助的观感，三四郎的感慨，尤其是最后那几句，其实也是漱石自己的心声，来自他留学英国时的亲历。"在伦敦度过的两年，乃是最不愉快的两年。余处于英国绅士中间，犹如一匹置身于狼群的卷毛犬，过着凄凉的生活。"（《文学论》序，1907）——后来，横光利一也有过类似的体验："游历欧洲时，就因为我是个黄种人，曾遇见过许多令人很不愉快的观念和事。"（《静安寺的碑文》，1937）这应该也是当时游欧的日本人乃至黄种人共同的经历与感受吧。在1901年1月5日的日记里，漱石提到过一次"错认"："对面道路走来一个矮小而怪异的家伙，渐渐进入面前的镜子。走到跟前才感知是黄皮肤的我本人。"（《伦敦留学日记》）三个月后，在4月20日致正冈子规书里，他再次提到了此事："出门后，迎面走来的家伙一个比一个身材高大，着实令人不快……公道的是迎面走来的皆是身材高大的美男子，使我不由得自惭形秽。正在此时，对面走来一个身高比普通人矮的家伙，我心想太好了，擦肩而过时才发现对方比自己高约莫两寸。紧接着，本以为对面来了一个脸色古怪的小矮子，没想到却是映在镜中的自己。我不禁苦笑，对面自然也冲我苦笑。"（《伦敦消息二》）可以感觉到，此次"错认"对他打击很大，印象实在深刻，所以一而再再而三地诉说。人种的差异带来巨大的冲击，他作为黄种人的自卑感爆棚——这甚至直接导致了他对日本国运的隐忧（参见下篇《战争阴影》）。

二

芥川龙之介大学毕业后，入职横须贺海军轮机学校，住在镰仓，看到许多漂亮的西洋人，戏称为自己的"西洋点心"，满满的都是膜拜之情："镰仓住着很多老外，傍晚就都出来散步。人多时看似西洋点心在走动，漂亮异常。"（1917年7月6日自镰仓致芥川文）"此地不乏西式糕点一般的法国和美国靓女，异国情调浓郁。"（1917年7月19日自镰仓致池崎忠孝明信片）对于东西方人种的外貌差异，芥川也像漱石一样感到自卑，一再说西洋人比日本人优越，日本人比西洋人寒碜："冬天快到了。一到冬天，日本人就显得特别龌龊。想到自己也是其中的一员，不免有点沮丧。冬天好像只适合西方人。黄色的下巴埋在毛皮大衣的衣领里，实在缺少风度。"（1915年11月14日自田端致原善一郎）"冬季里西洋人好像比日本人优越。我总觉得，就凭日本人那一张寒酸的脸，无论怎样把下颌深埋在皮大衣的领口里，也显不出华贵来。"（《兴致最高的时节》，1917）后来到了上海，还是同样的感觉："可是走在路上的时候，与西洋人比起来，日本人就显得寒碜多了。"（《上海游记》，1921）

谷崎润一郎的看法也差不多，《金色之死》（1914）里的冈村哀叹道："日本人就是体格太瘦弱了，所以日本的马戏就不好玩。""啊，好想去西洋啊，没能生为拥有健美体格的西洋人，这是我最大的不幸。"在《痴人之爱》（1924）里，谷崎以其一贯的夸张和恶搞笔调，写出了日本男性对于西洋女性的膜拜："能接近白色人种的妇女，对我来说不仅是一种喜悦，还是一种荣光……偶尔去观摩洋女人演的歌剧和电影，熟悉演员们的脸蛋，内心做梦一般憧憬着她们的美貌秀色。没想到学跳舞居然让我有了接近洋女人的机会……我有与西方妇女握手的'荣幸'是有生以来的第一次。当她将她那'白皙玉手'向我伸出的时候，我不由心头一阵激跳，一时间犹豫要不要与她握手……西方人有狐臭者甚多，夫人看来也不例外，为了掩盖，她一直注意喷洒香水。但是我绝不讨厌这种香水和狐臭混杂的酸甜气味，反而觉得其有一种难以言喻的蛊惑力，它令我想起大洋彼岸未曾谋面的遥远国度以及世间最最精巧的异国花园。'啊，原来这就是来自夫人玉体的香味呀。'我总是贪婪地嗅着这种香气，沉醉于恍惚之中。"《幼少时代·秋香塾与暑期讲习会》（1956）里也说："在体躯矮小的日本人眼里，她是一位多么威风凛凛、举止优雅的白种人女子啊！"

三

漱石留学英国的时候，经常被误认为是中国人，如其1901年4月6日的日记里写道："今天在坎伯韦尔散步，两女子当我是穷苦的中国人。"（《伦敦留学日记》）甲午战争获胜后，日本人一改千年来的崇华心态，开始鄙视中国人，但漱石当时的心态尚属正常，其1901年3月15日的日记里写道："日本人一旦被看成中国人便觉得可厌，又是为何呢？中国人是远比日本人更讲求名誉的国民，只是不幸目下沉沦于萎靡不振之状态。有心之人，较之被称作日本人，不如被称作中国人更有面子。即令不然，过去日本给中国带来多少骚扰？稍作考虑即可明白。西洋人动辄讨好日本，说他们厌恶中国人，喜欢日本人。闻此言而窃喜，爱听贬损恩邻之恶言，陶醉于夸赞自国独好之恭维话中，实乃轻薄根性所致也。"（同上）

然而仅仅过了数年，尤其是回到日本以后，他的心态就大变了。日俄战争获胜后，日本人的心理更为膨胀，漱石终于也未能免俗了。1909年他受邀访问"满洲"（中国东北），在大连大和旅馆的餐厅里邂逅一个英国人，那个英国人突然问他是日本人吗。"我虽然诚实地回答了他，但是，一想到刚才不知他把我当成了哪国人，便觉得有些后怕。"（《满韩漫游》，1909）——他后怕的当然是被误认作中国人，而此前在英国时他还没这种担心。"我刚回答自己是日本人，这人马上就开始恭维说：'我四十年前到过横滨，日本人有礼貌，亲切热情，确实是模范国民。'"难得听到这样的恭维，而且出自英国人之口，对比当年留学时的遭遇，漱石自然是很受用的。这时的漱石，正如《三四郎》《从此以后》里所表现的，在西洋人面前仍为自己的长相感到自卑，但对于具有几乎同样长相的中国人，却已经有了唯恐被错认、想要摆脱干系的心情了。

其实，近代以来的日本人，每抱有"优等生"心态，面对西洋人自卑，面对邻国人傲慢。这种"优等生"心态，表现在长相认知上，就形成了"长相鄙视链"。

（《夏目漱石回忆录》，陈修齐译；夏目漱石《三四郎》《从此以后》《漱石日记》，陈德文译；《满韩漫游》，王成译。横光利一《感想与风景》，李振声译。《芥川龙之介全集》，高慧勤、魏大海主编；《中国游记》，秦刚译。谷崎润一郎《金色之死》，覃思远译；《痴人之爱》，谭晶华译；《幼少时代》，陈德文译。）

战争阴影

一

　　主要生活在明治时期和大正初期的夏目漱石，正逢日本殖民扩张侵略的早期阶段，一生中经历了多次对外战争，如甲午战争、日俄战争、一战等，以及与此有关的各种重大事件。他的作品是如何反映战争的，也是一个绕不过去的话题。

　　首先比什么都说明问题的，是漱石对服兵役的态度。为了逃避兵役，1892年4月，他大二的时候，把户籍从东京迁到了北海道，成为北海道居民（那时北海道是日本新开拓的殖民地，当地户籍居民无须服兵役）；直至二十一年后的1913年，他已是功成名就的文豪，年龄也早已过了服役期，才将户籍又迁回了东京。

　　类似的情况和心情，永井荷风在《法兰西物语》（1909）里也写过："今年已经三十三岁的他，正如当初所愿，两三年前就已经超过了征兵服役的年龄，现在就算立即回到日本也没什么可担心的。"（《云》）在《十九岁的秋天》（1934）

里又说自己："我本想在上海找个合适的大学，这样便可长居于此。因为若是回到东京，便得接受征兵体检。"川端康成在《致父母的信·第一封信》（1932）里说他父亲："一听说要征兵检查，排行第二的父亲您为了逃避兵役，曾到没有孩子的人家去当名义上的养子，一时还改成了别人的姓。"由此可见，逃避兵役在当时有多么地普遍——不过，川端自己则正好相反，是个踊跃服兵役的典范。他在同上信里说："征兵检查时，我不愿意让人看见我瘦弱的身体，在检查之前到伊豆温泉疗养了近一个月，还特地提前两天到接受检查的镇子去静养，以便恢复旅途的劳顿，每天吃十个生鸡蛋。尽管如此，检查时仍然遭到军医的严厉斥责：文学家这种身体，对国家有什么用！"在《名人》（1942—1954）里他也不无遗憾道："我的二十多位亲友也离开文坛被征入伍，参加了海军进攻汉口的战役。我被淘汰了，没有从军。"——倒真想看看川端投笔从戎、参加汉口战役会是什么模样！

我想，漱石作品中关于战争的议论，关于他所主张的个人主义，不能脱离他对兵役义务的态度来理解。

迁户籍的三年以后，1895年4月，漱石前往四国岛上的松山中学任教，开学之初便遇上了中日《马关条约》的签订，日本从中国攫取了台湾及巨额赔款，学校举行了庆祝甲午战胜的典礼，这也就是描写其松山中学经历的《哥儿》（1906）里写的："今天召开祝捷会，学校放假。据说练兵场举行仪式，狐狸必须带领学生参加。我作为教员也一起同行。一到大街，到处是太阳旗，使人眼花缭乱。"那天，出席典礼的漱石，穿着一件夫拉克的长礼服，戴着一顶高礼帽，令学生印象深刻。"漱石此后多次以此身装束表达爱国之情。"（约翰·内森《夏目漱石传》，2018）对于了解他的"爱国"之情，了解他的国家主义意识，这一着装细节具有重要的象征意义；不过，倘联系他仅仅三年前为逃避兵役而迁户籍之事来看，他的这身装束对他来说又有了无比辛辣的讽刺意义。

在《哥儿》里，小说中的人物也嚷嚷着"日清谈判"，唱起了《剑舞小调》中的唱词"日清谈判破裂了"……

二

漱石留学英国期间，始终关心东亚形势，在1901年4月9日致正冈子规书里提及："我先看了与中国相关的报道。今日的俄国新闻里出现了针对日本的评论，大意是说到了不得不开战的时候，进攻日本本土绝非上策，最好在朝鲜一决雌雄。真不知道朝鲜招谁惹谁了。"（《伦敦消息一》）后来日俄战争主要是在中国的土地上打的，也真不知道中国招谁惹谁了。这大概就是任人宰割的弱国的命运吧。"与中国相关的报道"应指八国联军入侵、议定《辛丑条约》之事。在同年4月26日致子规书里，漱石又提到了这两件事："俄国与日本纷争不断，随时可能爆发战争。中国正承受着天子蒙尘的屈辱。"（《伦敦消息三》）显见得他是非常关心东亚形势的。

可对日俄力量对比，他却有过错误判断。上述二信之间，其1901年4月22日的日记里记载，早餐时，老板娘告诉他："哎呀，俄国那么大，军队却打不过日本。""俄国舰队，不光在东洋，总体上也很弱。"漱石认为她一无所知却信口开河，遂驳斥她"等稍微查查书再下结论吧"，老板娘这才没话说了（《伦敦留学日记》）——英国老板娘明明已经提前四年预言了日俄战争的结果，漱石却说人家一无所知、信口开河，是因为当时的日本人对于战胜西洋人还根本没有自信，同时也不像英国人那样对于沙俄的外强中干了如指掌。

在《草枕》（1906）里，在世外桃源般的山乡，也笼罩了日俄战争的阴影。"'唉，您知道，就是为了这次打仗啊——他本来是志愿兵，现在要应召入伍啦。'老人代替青年给我讲述了他不久将出征满洲战场的命运。在这梦幻般富有诗意的春日的山乡，如果以为只有啼鸟、落花和奔涌的泉水那就错了。现实世界翻山过海逼近这平家后裔居住的孤村，即将染遍朔北旷野的热血，其中的几万分之一，也许就是从这个青年的动脉里迸发出来的。"在写以上这些时，漱石会想起自己逃避兵役之事，同情这个青年吗？

日俄战争获胜，对日本人的心理产生了巨大的影响。值得注意的是，与一般人在日俄战争获胜后的盲目自大不同，漱石借小说人物之口，说出了对于日本前途的隐忧，显示了他即使作为一个帝国主义者，也有着头脑清醒、感觉敏锐的一面。在他的《虞美人草》（1907）里，甲野与宗近的一段对话，便反映了他的这种态度：

　　"你考虑过日本未来的命运吗？"

　　"你就看看那场日俄战争吧。"

　　"偶然治愈感冒，就误以为自己会长命百岁。"

　　"你是说，日本会好景不长吗？"

　　"那不是日本和俄罗斯的战争，是种族与种族之间的战争。"

　　"那是当然。"

　　"你看看美国，看看印度，看看非洲。"

　　《虞美人草》是漱石入职朝日新闻社后，第一部同时在东京和大阪的报纸上连载的小说。当时该报拥有五十万读者，而此前他在刊物上发表的小说，读者仅聊聊数千或至多上万，其受众面显然已不可同日而语——顺便说一句，据周作人说，弃医从文后在东京从事文艺活动的周树人，也"曾热心读其每天在《朝日新闻》上所载的小说《虞美人草》"（《关于鲁迅之二》，1936）。再顺便说一句，不久之后，自 1908 年

4月起，周氏兄弟等五人就租下了漱石写《虞美人草》时住过而彼时刚退租不久的那栋宅子。漱石在日俄战争获胜后不久，在发行量如此巨大的报纸上，发表了这样不同于众的悲观看法，想必是有着巨大的内心压力，而不得不借机一吐为快的。

在翌年连载的《三四郎》（1908）中，漱石也表达了类似的悲观看法。一个中途上车的女子说，丈夫长期在吴市的海军供职，日俄战争时到旅顺去了。她邻座的一个乡下老爷子，在女子谈到丈夫去旅顺后，立即产生了同情，说那太可怜了。他还提到自己的儿子在日俄战争中也被拉去当兵，终于死在了那边。他不懂为啥要打仗，打完仗日子能好过些倒也罢了，可是自己的宝贝儿子死了，物价也涨了，还有比这更蠢的事吗？世道太平，谁还会出外谋生呢？这都是战争造成的。列车到了滨松站，几个洋人在列车前面的站台上走来走去。邻座的男子跟三四郎说："洋人就是好看嘛！你我都很可怜啊。凭着我们这副长相，这样软弱，尽管日俄战争打赢了，成为一等强国，也还是无用。不过，一切建筑、庭院都和这副长相颇为相称。"他嘿嘿地笑了。三四郎没有想到，在日俄战争后还会碰见这号人，他不像是一个日本人。"不过，日本也在逐渐发展啊。"三四郎辩解道。"终归要亡国。"那男子平静地说。三四郎想，在熊本要是有人说这种话，准得挨揍，弄不好还会被当成卖国贼——这个邻座男子宛如漱石的化身，他所发表的正是漱石的隐忧。此时距日俄战争获胜刚刚两年，离日本战败投降还有三十七年，可见漱石的隐忧是多么地超前。

不过其中可注意者，正如"那不是日本和俄罗斯的战争，是种族与种族之间的战争"之语所表达的，漱石担忧的只是与西洋列强的战争，而对于像甲午战争那样的战争，毋宁说是并不怎么担心的。这既是其帝国主义立场的表现，也与他的种族差别意识有关——面对白种人具有劣等感，面对黄种人具有优越感。后来二战的结果，也部分证实了他的隐忧。多年以后，川端的《天授之子》（1950）里写道："战败之后放眼一瞧，我不能不想到，日本从一千几百年前就是一个悲惨的国家，自己本来就是个末世亡国之民。"宛如漱石隐忧的证言了。又，在明治维新的高潮中，矢野龙溪作《浮城物语》（1890），大做侵略扩张的美梦，其自序豪言："唯我国势，日向隆运，确信绝无此类（盛极而衰）之事也。"一个多甲子后，谷崎润一郎回顾其豪言，不胜感慨嘘唏道："观此一段文字，其后日本于东亚之天地，一度实现《浮城物语》之空想，而今再度回复到往年弱小之国。回首兴亡之迹，知一国之消长，因时光之流逝，较人之一生更令人愕然，遂不堪今昔之感矣！"（《幼少时代·稻叶清吉先生》，1956）像是漱石隐忧的另一证言了。

三

对于与战争有关的重大事件，漱石也每每发表"欠揍"的怪论。比如对于日俄战争中日军所谓的"英雄"，漱石有时会有一些"不合时宜"的讽刺，表现了他对于战争的荒谬性的认识，也显示了其作为个人主义者的一面。如他在《从此以后》（1909）中说：

> 日俄战争时期，广濑中校参加封锁队而阵亡，被当时人们尊为军神加以崇拜。可是，到了四五年以后的今天，人们几乎不再提军神广濑中校的名字了。英雄盛衰，如此急遽。这是因为很多时候，英雄对于一个时代来说是极为重要的人物，其名声虽然显赫，但他又是实实在在的人。过了那个时代，历史就渐渐剥夺了他作为英雄的资格。在同俄国打仗的紧要关头，封锁队至为重要，一进入和平恢复时期，纵然有一百个广濑中校，也不过是一群凡夫俗子而已。历史是最讲究实效的，对于一个普通的老百姓是如此，对于英雄亦是如此。所以英雄的偶像也是互相竞争、时时发生新陈代谢的。

漱石主张个人主义与国家主义的平衡，这对理解其对战争的态度至关重要。1914年11月25日，他在学习院辅仁会上作了题为"我的个人主义"的讲演，其中提及：

> 事实上，我就是国家主义者兼世界主义者，同时也是个人主义者。个人主义应当作为个人幸福的基础，因此它的主要内容一定是个人的自由。但是，每个人享有的自由度会随着国家的安危时而上升，时而下降，就像温度计一样……国家危难时，个人的自由便会受限。国泰民安时，个人的自由便会扩张，这是理所当然的……总的来说，国家这一组织一旦陷入危难之中，任谁也不会不考虑国家的安危。国家强大，便能免受战争之苦，并且，遭受外国侵犯的危险性越小，我们就越应该淡化国家性观念。那么，个人主义进入其中，填补由此产生的空虚就是顺理成章的事……到了最终爆发战争之时，到了国家生死存亡之际，那些有头脑的人——那些具备忧国忧民的优良品格与修养的人，自然而然会偏向国家主义。即便要约束个人的自由，减少个人的活动，他们也会为国家鞠躬尽瘁。这些可以说是天经地义的。因此我相信，这两种主义万万不是那种一直相互矛盾、势同水火的关系。

由此可以看出，漱石的作品里时常冒出来的"不合时宜"的讽刺和"欠揍"的议论的思想根源是什么，那就是他的个人主义；但与此同时，我们也有足够的理由怀疑，当后来日本发动侵略战争时，漱石的立场是否会与几乎全部沦陷的其他日本文人有所不同，因为他的个人主义原本就是臣服于国家主义的。就此而言，那个既以迁户口逃避兵役（个人主义），又穿着大礼服隆重出席甲午战胜庆典（国家主义）的漱石，似乎正是其自相矛盾的思想主张的绝妙象征和真实写照了。

（永井荷风《法兰西物语》，陆菁、向轩译。川端康成《花的圆舞曲》，叶渭渠、唐月梅译；《名人》，叶渭渠译；《天授之子》，李正伦译。约翰·内森《夏目漱石传》，邢葳葳译；《夏目漱石回忆录》，陈修齐译；夏目漱石《虞美人草》，陈岩译；《漱石日记》《哥儿》《草枕》《三四郎》《从此以后》，陈德文译。谷崎润一郎《幼少时代》，陈德文译。）

殖民地幻影

一

1901 年 1 月 22 日，维多利亚女王驾崩。翌日，夏目漱石在日记里用英语写道："国旗降下半旗。全城沉痛哀悼。我，一个外国人，也系上了黑色领带以致哀思。'这个新世纪开头就是凶兆啊！'今晨我去买黑手套时店主叹道。"（《伦敦留学日记》）一个月后，2 月 21 日，漱石与房东赶去海德公园，围观女王的送葬行列。但是漱石个子太矮了，黑压压的人群人头攒动，他什么都看不到，于是房东把他扛上了肩头。"从漱石在女王去世时的敬畏的态度，可以看出他是一个帝国主义者，或至少是被'帝国'观念所打动或对这种观念有共感的。在他 1909 年对南满铁路的观察中可以发现更多迹象。更显著的是《心》（1914）中先生对明治天皇之死的反应。"（约翰·内森《夏目漱石传》，2018）

明治天皇死于 1912 年，《心》里的"先生"受到了强烈的冲击："今年盛夏时节，明治天皇驾崩了。当时，我觉得明治精神，始于天皇，亦终于天皇。我等受明治的影响最深，一种今后若想生存下去，终究将落伍于时势的感觉强烈地冲击着我的心灵。我把这些明明白白地告诉了妻，妻笑了，并不予置评。可是不知道她又想到了什么，突然对我开起玩笑来：'那么，你可以尝试殉死呀！'……我回答妻说：'假如我要殉死的话，也打算去殉明治精神而死！'……此后大约过了一个月，天皇出殡那天晚上，我像平时那样坐在书房里，听到了安葬时的信号炮。在我听来，那是明治时代永远离去的告知。后来一想，那也是乃木大将永远离去的通知。我手里拿着号外，冷不防地冲着妻嚷嚷：'他是殉死，殉死！'……两三天后，我终于下定了自杀的决心。"——这就是《心》里的"先生"对于明治天皇之死的反应，也可以看作漱石自己的切身感受和心路历程。

芥川龙之介写过一篇《将军》（1921），也写到了乃木希典的殉死。把《心》与之比较一下的话，可以看出明显的不同。"可以看出他是一个帝国主义者，或至少是被'帝国'观念所打动或对这种观念有共感的。"这可真是一针见血的漱石论。而漱石作品中对于殖民地的态度，正是他帝国主义立场的最好说明。

二

甲午战胜后，日本获得了朝鲜半岛的控制权，最后彻底吞并了它。殖民地朝鲜开始出现在日本文学中，如在国木田独步的《少年的悲哀》（1902）里，那个说哥儿长得像自己弟弟的妓女，不久也要被人带到朝鲜去了，怕此生与弟弟不能再会，遂托相好的男人把哥儿带来一见，聊慰对于弟弟的亲情和思念。

漱石登上文坛之初，正逢日本完成吞并朝鲜的最后过程，这一切也反映在他的作品里了。1905 年，根据所谓的《日韩协定》，日本在朝鲜设立统监府，开始逐步剥夺朝鲜的主权。《从此以后》（1909）里写道，代助给朋友写了两封信，一封是给在朝鲜统监府任职的朋友的，感谢对方上回赠送的高丽瓷器。《门》（1910）里也写到了朝鲜统监府，在那里做官的人日子过得很滋润。"只是听说他家还有一个儿子，在朝鲜统监府里做大官。阿米从一个常来常往的商人嘴里得知，这对老夫妻的儿子月月都寄来生活费，日子过得很快活。"所以，想发财的人都想跑过去，阿米的小叔子小六也是。"实在不行，我只好休学，干脆现在就到满洲或朝鲜去。"

1909 年 10 月 26 日，朝鲜统监府初代统监伊藤博文在哈尔滨火车站被朝鲜义士安重根击毙，翌年 3 月 1 日至 6 月 12 日在《朝日新闻》上连载的《门》里也有相关的描写：

"想不到，伊藤先生也遭到了厄运！"最后，小六换了一种口气说。

五六天以前，宗助看到暗杀伊藤公的《号外》时，来到厨房，对正在做饭的阿米说："喂，不得了啦，伊藤先生被杀啦！"他把《号外》放在阿米的围裙上，又回到书斋。听他说话的语气，倒也很平静。

"你说'不得了'，可声音一点也没改变呀。"阿米从后面特地半开玩笑地提醒他说。打那以后，每天的报纸上，总有五六段是关于伊藤公的事。不知宗助是否看过这些报道，他对这桩暗杀事件似乎无动于衷……自从那天发表《号外》，直到今晚小六来又一次提起这件事，夫妻俩对那些震动天下的新闻并没有激起过特别大的兴趣。

从上述这些相关的对话里，看不出漱石的激动或愤慨。击毙事件发生时，他刚从朝鲜半岛回到日本，正在《朝日新闻》上连载其游记《满韩漫游》。关于击毙事件的报道连篇累牍，使他的游记不能正常连载；新闻转移了读者的注意力，也让他的游记黯然失色。这一切不利因素合在一起，就表现为宗助的无动于衷了吧。否则，类似这种针对"帝国"的反抗事件，应是会激起漱石的强烈反应的。

1910年，朝鲜统监府改称总督府，日本全面实施殖民统治。但转眼就是轮回，过了三十五年，日本战败投降，吐出了朝鲜半岛。川端康成写道，在东京的车站："祐三经常看见一群群朝鲜人在这里候车回国……大多是一家一户的。孩子们的相貌很难同日本孩子区别开来，其中也可能混杂着一些嫁给朝鲜人的日本妇女。有时还看见有些人身穿崭新的白色朝鲜服，或是粉红色上衣，特别显眼。这些人都是要回去新近独立的祖国，看起来像是难民，不少人还是战争的受害者吧。"（《重逢》）

三

在漱石的《我是猫》（1905—1906）里，猫看到澡堂里的浴客，一个个赤身露体的，便以为是台湾的生番。因甲午战败被迫割让给日本的台湾，在漱石的作品中就这样登场了。

《虞美人草》（1907）里，提到 1907 年 3 月 20 日至 7 月 31 日在东京上野公园举办的东京劝业博览会，其中有"台湾馆"。

"或者我们参观博览会，去台湾馆喝茶。"

"那里就是台湾馆吗？"

"最右侧前面的那个就是，就属那幢建筑物最漂亮。对吧？"

"夜晚看最好不过了。"

"你看它简直就像是龙宫吧？"

　　"真的很像龙宫啊。"

　　在博览会各展馆中，小说中人物唯一感兴趣的，而且觉得最漂亮的、简直就像是龙宫的，就是"台湾馆"了。这一点意味深长，应该也反映了漱石想到、写到台湾时的"美好"心情吧。——顺便说一句，2025 年大阪世博会基于"一个中国"原则，规定台湾只能以民间企业身份参展。

　　在《路边草》（1915）里，健三的妻子最近回了一趟娘家，见到了门司的叔叔。"我以为他还在台湾，很奇怪，不知什么时候居然回来了。"九州离台湾近，跑去台湾的人会比较多。健三的岳父则提到，当年乃木将军出任台湾总督后不久就辞职了——1896 年 10 月，乃木希典出任第三任台湾总督，任期未满，1898 年 2 月即辞职了。健三的岳父是一个实务工作者，总是从工作本身出发来评价人，他对健三说："作为个人的乃木将军，重情笃义，实在伟大；可作为总督的乃木将军，是否真正胜任，我认为这方面似乎还有许多问题需要探讨。"这或许也反映了漱石对于作为台湾总督的乃木希典的看法。

　　在关于台湾的认识方面，1920 年到访中国南方的佐藤春夫，或许比漱石更接地气。其《南方纪行》（1922）之《厦门印象》写道："台湾人并非洋人，乃是台湾籍的中国人。因为在（日本）国内有不少人弄混这十分清楚的事情，所以特此说明。"《鹭江月明》中写道："据说他（林正熊）父亲林季商本是台湾人，属于台湾第一大名门，由于对日本政府统治不满，他不顾任何劝阻，固执地说：'我终究是劣等之人，所以希望成为劣等国家清的国民。'遂提出还籍申请，后来终于到了厦门。"

顺便说一句，在芥川自杀前留下的致小穴隆一的遗书里，开列的"从别人处借的书"中，有一本关于台湾的书，看来他也对台湾有兴趣。

四

1905 年日本在争夺在华权益的日俄战争中大获全胜后，获得了中东铁路（亦称"东清铁路"）长春至旅顺段的铁路及附属权利，翌年成立了"南满洲铁道株式会社"（简称"满铁"），开始加速对于"满洲"的殖民化进程。1908 年末，漱石老友中村是公升任"满铁"总裁后，竭力邀请漱石前往"满洲"参观并替"满铁"宣传。翌年 8 月写完《从此以后》后，漱石于 9 月 2 日终于动身，9 月 6 日抵达大连，9 月 28 日进入朝鲜半岛，10 月 17 日回国。从 10 月 21 日开始，其旅行见闻《满韩漫游》在《朝日新闻》上连载。但五天后即发生了伊藤博文被击毙事件，《满韩漫游》受该事件影响，断续连载至当年底而中断。1910 年，由春阳堂出版了单行本。这是反映漱石帝国主义立场的经典文本，也跟他的《伦敦留学日记》形成了鲜明对照。

对于当时的日本殖民者来说，"满洲"这个"好地方"的"好风景"之一，就是无处不在的"苦力"，正建设着这块新殖民地，让漱石看了觉得心情舒畅。"苦力温顺、健壮、有力、勤快，你就是从旁边看了都会觉得心情舒畅……当我注视着这个苦力赤裸的身躯时，不由得联想起了《楚汉军谈》。古时候，让韩信从胯下钻过去的好汉必定是这样一些人……出门的时候，我赞叹说，那些苦力活儿干得真漂亮，而且，非常肃静。陪同回答说，日本人根本做不到。他们一天只花五六分钱吃饭，真搞不明白他们为什么那样强壮。"然而转眼他就把苦力和肮脏联系在了一起，显示了居高临下的傲慢的殖民者心态："房间是土地面，中央摆着一张普通的桌子，三个男人正围着桌子吃饭，从盘碟到碗筷全都显得很脏，再看那靠近桌子吃饭的男人更是肮脏不堪。他们和我在大连码头看到的苦力没什么差别。"

芥川曾写过一篇童趣盎然的《斗车》（1922），写到靠人力推动然后滑行的轨道车。漱石在"满洲"时也坐过这种人力轨道车，但他的描写却让人觉得很不是滋味："我头一次乘坐轨道车……推车的自然是中国人。用力推着跑二三十间，然后纵身一跳坐到车上。有时弥漫着汗臭味的浅黄色裤腿会碰到我的西装下摆，令人作呕。等到速度慢下来的时候，他又赤脚跳下去，用肩膀和手同时推车。"其中看不到任何同情心，有的只是满满的厌恶感。

中国人或朝鲜人拉的黄包车也让他不满意，他宁可对黄包车而不是对拉车人表示敬意。对于路上的颠簸，他不怪道路不好，而是诅咒拉车人："尽管黄包车是日本人发明的，可是，只要拉车的是中国人或者是朝鲜人，绝不可不加防备。他们认为反正不是自己制造的，所以拉车的方法丝毫没有表现出对黄包车的敬意……我们受到了残酷待遇，最后我恨不得把朝鲜人的脑袋挂起来示众……车夫不顾一切只管拉车的姿态完全是朝鲜人的做派。"坐马车时也是一样，他同情拉车的马，却不同情赶车人："赶车的人当然是清国佬儿，摇动着落满灰尘的油光光的长辫子，不时用满语发出喊叫声……在旅馆门口下车的时候，我产生了一种终于和残酷的中国人断绝了缘分的心情，不由得高兴起来。"他还对中村是公对其马车夫态度客气表示不满，提醒他要注意了。

令有洁癖的漱石讨厌的是，中国的城市和房子里都有一股臭味，他的游记中反复提及这一点。"穿过狭窄的小巷，我们来到了中国的城里。城里有一股异样的臭味。""中国房子里固有的一种臭味忽然钻到了鼻子里，使我退出一两步，在街上站住了。""房间里还散发着一种奇怪的臭味。那是中国人执意留下来的臭味，不管爱干净的日本人怎么打扫，依然很臭。""果然是肮脏的国民。"他在1909年9月17日的日记里也写道："中国城镇，臭气充盈。"（《满韩纪

行日记》)

　　就像这样，在《满韩漫游》中，充斥着蔑视中国人的言辞，显示了他的殖民主义心态。

五

　　不仅在《满韩漫游》中，而且在漱石的小说里，"满洲"也是抹不去的存在，有些还与《满韩漫游》"互文"。

　　在《草枕》（1906）里，那美姑娘离了婚的丈夫家境贫穷，在日本待不下去，要去"满洲"，"不知是捡钞票还是去送死"。

　　在《三四郎》（1908）里，火车上的邻座女子谈到，自己的丈夫打完仗（日俄战争）后曾一度回来过，不久又到大连去谋生了，据说那边能挣钱。起先常有信来，月月都汇钱，所以日子还算好过，谁知这半年信和钱都见不到了。

　　在《门》里，日俄战争结束后不久，房东的弟弟不顾哥哥的劝阻，跑到"满洲"去寻求更大的发展，在那儿经营一家门面庞大的运输公司，利用辽河水流，用船舶向下游运送豆饼。后来忽然遭到了失败，于是到蒙古流浪去了。"他干些什么，我也不清楚。他只对我说搞畜牧，而且获得了成功。"——《满韩漫游》里提到，漱石有个老同学桥本左五郎，曾受"满铁"委托，赴蒙古调查畜牧业状况，可能就是《门》里房东弟弟的原型。

在《春分之后》（1912）里，与敬太郎住同一公寓的森本，被公司解雇以后，欠了六个月的房租，便跑到"满洲"去了，在大连电气公园里负责电动娱乐设施——在《满韩漫游》里，漱石提到过大连的这座电气公园："我坐在车上询问那些建筑是什么？是公回答说，那是电气公园，内地也还没有。他又介绍说，那是满铁公司修建的靠电气驱动的娱乐设施，也是为大连市民提供的休闲场所。电气公园令人感到惶恐，连内地都没有的话，一定是非常罕见的……经过我仔细询问，原来这个月末才开园。"森本去的应该就是这家新开的公园。森本给敬太郎写信，把自己在"满洲"各地的旅行见闻煞是有趣地吹嘘了一通。其中最使敬太郎惊奇的是长春一家赌场的情景。据说那家赌场是由一个已经离去的日本人经营的，这个日本人曾当过马匪头子。森本到那家赌场一看，里面密密麻麻地挤满了好几百个很脏的中国人，一个个眼里充满了血丝，呼出的气息都带有一种臭味——《满韩漫游》里的臭味又出现了。森本的信里还说："满洲，特别是大连，的确是个好地方。像你这样大有作为的青年，目前恐怕还没有找到施展才干的地方，干脆下决心到这里来吧！我自来到这边以后，在满洲铁路公司也认识了不少人，如果你真有心要来的话，我有把握给你帮个不小的忙。只是你真下决心要来时，事前要通知我一声。"

是的，"满洲"的确是个好地方，因为在那儿，日本人可以成为人上人。"我们去新市区拜访白仁长官家的时候，看到他家的房子很气派……我说，住在这么豪华的房子里，欣赏着如此美妙的风景，足以偿还离开内地的不满吧？白仁笑着说，在日本无论如何也住不起这样的房子。"（《满韩漫游》）对当时的日本人来说，"满洲"不仅是冒险家的乐园，也是人生难题的解决方案，更是"有为"年轻人的"诗与远方"。

六

然而对于"帝国"的命运，漱石其实是充满危机感的，因为他对西洋抱有自卑感。《从此以后》里的代助什么都不想干，理由竟然与日本对西洋的关系有关："你问为啥，这不能怪我，要怪社会，广而言之，是日本对西洋的关系决定着我不能有所作为。首先，日本是借贷最多的贫穷国家，你想，借那么多钱何时能还清？即使能还也不能靠借钱过日子呀。日本是个不从西洋借钱就无法维持生计的国家。它还以先进国家自居，拼命想挤入一等强国的行列。这只能是打肿脸充胖子，愈见可悲。青蛙拼命同牛比身个儿，怎么能不鼓破肚子呢？这些都给我们每个人很大的影响。受到西洋压迫的国民，头脑迟钝，也就很难成事……整个日本不管走到哪里都看不见一寸光明，眼前只是一片黑暗。我一人置身在这样的环境里，能说些什么，做些什么呢？"代助因此相信："贫弱的日本在财力上未取得同欧洲强国并肩前进之前，这种平衡在国内是实现不了的，而这样的一天是永远不会到来的。"

——不可思议的是，整整一个世纪后，远在数万里之外，乌拉圭的加莱亚诺竟然也留意到了代助或漱石所担心之事："明治时代刚刚开始时，美国总统格兰特拜访了日本天皇。格兰特劝他不要落入英国银行的陷阱，有些国家很喜欢借钱给别国，其实这不完全是出于慷慨。"（《镜子：照出你看不见的世界史》，2009，2010）

但不得不说，"打肿脸充胖子"，"青蛙拼命同牛比身个儿，怎能不鼓破肚子呢"，也的确一针见血，后来全都应验了。历史的报应来得很快，殖民美梦终究昙花一现。日本战败后被美军占领，国土上遍布着美军基地，成了美国的变相殖民地。漱石本人侥幸没有看到，但川端康成代他看到了，且在其作品中多有表现——川端曾对日本的殖民业绩高唱赞歌，也就在战败亡国后有了更深的伤痛。如其《重逢》里写到，日本投降两个多月后，在镰仓的鹤冈八幡宫举办了"文墨节"，似乎表明当局决定实行文治，也意味着战神已改变了社会，再不去祈求什么武运长久了。占领军也应邀参加了这次盛会，日本少女们为美国兵端茶送水。这些占领军在日本登陆以后，也许是初次看见和服，觉得新鲜，竞相拍起照来。美国兵排排坐在神社常见的长条白木桌旁，露出一张张单纯的好奇的脸。谁也没有料到在这个节日里，元禄时代的艺伎舞蹈和美军的乐队竟会在八幡宫舞殿同台表演。占领军的军乐队入场了，他们头戴钢盔，散散漫漫地登上了舞台，约莫二十来人，观众报之以掌声。"那是一个多么明朗的国家啊！"主人公现在对美国惊叹不已了。《古都》（1962）里也提到，原先美军在植物园里盖了营房，日本人当然被禁止入内。后来军队撤走了，这里又恢复了本来面目。"走进植物园，只见正面的喷泉四周开满了郁金香。'这种景色已经失去了京都的情调，难怪美国人要在这儿盖住宅了。'阿繁说。"——"终归要亡国"，漱石的《三四郎》里邻座男子的断言，在三十七年后终于成了日本的现实。

（约翰·内森《夏目漱石传》，邢葳葳译；夏目漱石《草枕》《三四郎》《从此以后》《门》《漱石日记》，陈德文译；《心》，谭晶华译；《我是猫》，刘振瀛译；《虞美人草》，陈岩译；《春分之后》，赵德远译；《路边草》，柯毅文译；《满韩漫游》，王成译。《现代日本小说集》，鲁迅、周作人译。《芥川龙之介全集》，高慧勤、魏大海主编。川端康成《花的圆舞曲》，叶渭渠、唐月梅译；《古都》，唐月梅译。加莱亚诺《镜子：照出你看不见的世界史》，张伟劼译。）

受辱的丈夫

一

拙文《受辱的妻子》（收入拙著《中西草》）曾指出，芥川龙之介《竹林中》（1922）的主题，不是多重叙事下的凶手疑云，而是受辱的妻子要丈夫去死，于是丈夫不得不死（被杀或自杀）。也就是说，《竹林中》将夫妻关系置于极限状态，表现妻子受辱后心理发生突变，想要丈夫去死以洗刷耻辱。拙文的最后一句是："然而这又是多么触目惊心的真相啊，也许会让普天下的丈夫都惴惴不安的。"

当我在课堂上这样讲授《竹林中》时，有一女生勇敢地发表了不同意见。她说：普天下的丈夫之所以会感到惴惴不安，是因为他们让普天下的妻子都惴惴不安了；只有让普天下的妻子都感到安全了，普天下的丈夫才会感到安全——这也就是"无产阶级只有解放全人类才能最后解放自己"的意思吧。

但她无疑是对的，我是思虑欠周了，可能也是陷入了性别思维的盲区。

在《竹林中》那样的道德环境里，受辱的妻子今后可能会有的艰难处境，在太宰治的《人间失格》（1948）中或可见一斑。"我"的妻子因为善良轻信不设防，被坏男人给玷污了。"我"知道非妻之过，所以并未责备她。但从那时起，妻子对"我"的一颦一笑都开始注意了。"喂"，"我"叫她一声，都会让她吓一跳，不知道该看哪里。无论"我"多么想逗她发笑，拼命进行滑稽表演，她都是战战兢兢、提心吊胆的，对"我"说话一个劲使用敬语。她总是躲避"我"的视线，一副惶惶不安的样子，看来不得不一辈子提心吊胆了。她偷藏了巴比妥酸准备自尽，"我"发现后自己先服了下去。妻子以为"我"是替她吞下那些致死剂量的安眠药的，因此在"我"面前比过去更加胆战心惊了，无论"我"说什么，她都不笑，也不说话……

太宰治的上述描写，来自他的亲身经历。他的首任妻子初代，曾有过类似的遭遇。两人自杀未遂，最终选择离异。具体过程和细节，都写在《弃姥》（1938）里了。

由此可见，在《人间失格》的场合，即使丈夫并不责备，妻子都会吓成那样，那么在《竹林中》的场合，丈夫已经轻蔑憎恶相看了，那受辱的妻子压力就不知会有多大了，所以最终也就酿成了要丈夫去死的悲剧。

《竹林中》取材于距其八百年前的《今昔物语集》（约1120）卷二十九"本朝恶行"第二十三篇《携妻同赴丹波国的丈夫在大江山被绑》，但在该素材故事中，并无多重视角和凶手疑云，只表现了武士的窝囊无能，连自己的妻子都保护不了，而受辱的妻子也只是数落丈夫，并没有要丈夫去死——

事后男子站起身来，照样穿好衣服，背上竹制箭囊，拿过大刀佩戴起来，取弓上马，向女子说道："我也觉得对你不起，但除此以外我又别无他法，我要走了。看你的情面，饶他不死，为了快逃，马我要骑走了。"说罢，疾驰而去，转眼不见。

汉子走后，女子走过来松开丈夫的绑绳，一看他那副窝囊面孔，说道："真是个窝囊废！冲你的德性，以后我也指靠不了你！"丈夫无话可说，就跟着妻子一起到了丹波国。

汉子总算有些良心，虽然是个强盗，却没劫夺女子的衣服。男子真是太不中用了，竟在深山之中，把弓箭交给一个素不相识的人，可算是愚蠢已极。

故事就是这样的。在此故事前面的第二十二篇《往鸟部寺烧香的妇人遇盗》中，那个劫色又剥衣的杂役受到了谴责，但谴责的重点却不在劫色而在剥衣——

> 事毕之后，杂役站起来剥去妇人的上衣说："倒也怪可怜的，给你留条裙裤吧。"说罢提起主仆二人的衣裳向东山逃去。
>
> ……那个杂役既然已身亲芳泽，就不该再剥妇人的衣服，真是卑鄙已极。

相比之下，第二十三篇故事里的强盗"总算有些良心"——作者显然褒贬分明。也就是说，在《今昔物语集》中，强盗劫财劫色并无太大问题，不杀掉愚蠢的丈夫，不剥掉妻子的衣服，反而算得上有仁有义。

显而易见，《今昔物语集》中的故事，毕竟是平安时代的故事，妻子的贞操尚不是问题，所以即使妻子受了辱，也并非生死攸关之事，也并不想要丈夫去死。受辱的与其说是妻子，不如说是她的丈夫。相比妻子的受辱失贞而言，更成问题的是丈夫的愚蠢，不足以使妻子终身有靠。这是当时的道德观，对女性还比较宽容，对男性则要求较高。也就是说，正因为妻子的受辱程度不如后来之甚，也就不必采取自杀或杀夫的极端行为，以致做丈夫的反而获得了安全。

谷崎润一郎曾说过："我觉得平安朝文学中的男女关系，在这一点上和别的时代有几分不同……平安朝贵族生活之中，女人即使不是君临男人之上，至少也和男人同样自由。男人对女人的态度，不像后世那样，是女人的暴君，而是非常郑重与温和，有时甚至把女人塑造成为这个世界上最美好最可贵的形象。例如，《竹取物语》中的辉夜姬最后升天，这是后世的人难以想象到的。"他以《古今著闻集》好色卷中一个美妻嫌弃丑夫，丑夫作歌排遣郁闷，美妻一念温柔回心转意的故事为例，表示："我感到奇怪的是此种场合的男女的地位，正如《古今著闻集》的作者所说：'琴瑟调和尤可贵，全凭妻子温柔心。'既不是谴责这个妻子的不忠不贞，亦无意嘲弄敦兼的怯懦无能，而可以说是作为一则夫妻美谈流传下来了。看来这是平安朝公卿之间理所当然的常识……要说敦兼那样的男子没有骨气也真算没有骨气，但是换句话说，这是一种女性崇拜精神。不是把女性看得比自己低下而加以爱抚，而是看得比自己崇高，甘心跪拜在她的面前。"他又以《今昔物语集》卷二十九"本朝恶行"第三篇《行踪诡秘的女盗》为例，说明："不管前面的敦兼也好，这个女贼也好，平安朝的女子动辄对男人显示一种优越感，男人对于女人百依百顺。清少纳言经常在宫廷里出男人的洋相，这从她的《枕草子》里就能知道。阅读那时候的日记、物语、赠答和歌等作品，女人大多受到男人的尊重，有时男人主动哀求她们，绝不是像后世那样被男人任意蹂躏。"（《恋爱及色情》，收入《倚松庵随笔》，1932）在《澄江堂杂记》（1918—1924）之九《历史小说》中，芥川也曾说过："日本的王朝时代，人们对男女关系的认识就和现代迥异。"

如要在《今昔物语集》中寻找的话，类似谷崎所举之例真是太多了。比如卷二十八"本朝世俗"第一篇《近卫舍人参拜稻荷神社巧遇妻子》、第四十二篇《装模作样的家将惧怕身影》，里面的丈夫或因滥情或因懦弱，而都成了妻子无情嘲弄的对象。"妻子在他死后才正值盛年，改嫁了他人。""此事是由家将妻子亲口说出，这样相传下来的。"对于丈夫的种种丑态，妻子们并未宽大为怀，而丈夫们也无可奈何。

由此来看《今昔物语集》中这个《携妻同赴丹波国的丈夫在大江山被绑》故事，便可以分明看出，平安朝武士家庭的婚姻关系比《竹林中》所体现的更为温和，更少由于女性受到贞操观念压抑而导致的夫妻关系的剑拔弩张。

相比之下，虽然《竹林中》的戏剧性张力更吸引人，但对于生活在现实世界中的人来说，反而是《今昔物语集》中的故事远为充满温情的。

简言之，由于其间横亘着八百年的时间距离，《竹林中》与《今昔物语集》的道德观是迥然不同的。《竹林中》的严苛而无情的道德观，应该是经历过江户时代朱子学的道德教条（体现在类似近松门左卫门的净琉璃《枪矛权三》之类作品中），加上近代女性意识的觉醒混合而成的产物吧。

芥川在《关于〈今昔物语〉》（1927）中说："《今昔物语》中的人物就像所有传说中的人物一样，心理并不复杂。他们的心理只有阴影极少的原色的排列。不过，我们今天的心理中，多半也有着与他们心理共鸣的特色。"他的《竹林中》，应该就是在认识到素材故事的"心理并不复杂"、认识到古今人的心理存在共鸣的基础上，更进一步写出了现代人的心理更为紧张这一事实吧。

他在《澄江堂杂记》之三十一《古昔》中又说："小说大体上要受时代限制，为了使小说自然合理，作者须或多或少涉及特定时代的社会状况。如此看来，所谓'历史小说'，其目的不在于某种意义上再现'往昔'……由于上述原因，纵然将古昔之事形诸小说，我也并不憧憬那古昔之事。我认为，出生在当代日本，远比出生在平安王朝或江户时代更加值得庆幸。"为此，他当然要在古代人心理的底色上涂抹上现代人心理的光影，这也就是《竹林中》与《今昔物语集》中素材故事之异同的由来了。

不过对于女性来说，出生在《竹林中》的时代，是否果然比出生在《今昔物语集》的平安时代更加值得庆幸，还是留有疑问的。

三

在《香烟与魔鬼》代序《我与创作》（1917）中，芥川介绍了自己小说的一个取材特点："我常从古老的故事中取材……我从小受的是旧式教育，所涉书籍皆与现代关系不大，现在仍旧如此。书中本来自有素材，因此，读书并非只为着寻找素材。"

在这些记载古老故事的书籍中，《今昔物语集》是芥川尤为爱读的书，他曾说过："以前的《罗生门》与这篇《芋粥》，皆取材于《今昔物语》。《今昔物语》无论当时抑或现在，都令我爱不释手。"（《写小说始自朋友煽动》，1919）。他之所以对《今昔物语集》爱不释手，是因为其中洋溢着王朝时代的鲜活气息，这鲜活气息可以称为它的艺术性生命，他对其中所反映的当时人的心情深感兴趣："每当我翻开《今昔物语》的时候，都感觉到了当时人们阵阵飞扬的哭声和笑声，而且还感觉到了他们的蔑视、他们的憎恶（如贵族对于武士的憎恶）也夹杂在那声音之中。""作者的这种写生式的笔法，把当时人们的精神斗争也鲜明地描写了出来。他们也像我们一样因娑婆苦而呻吟……《今昔物语》最野蛮地，或者几近残酷地描写了他们的痛苦。"同时，这种鲜活气息更是一种野性之美："我终于发现了《今昔物语》的本来面目。《今昔物语》的艺术生命并不仅仅止于鲜活的气息。借用红毛人的话讲，那应该是'野性'之美，或者说是距离优美、纤细等最远的美。"（《关于〈今昔物语〉》）他从《今昔物语集》中获得了诸多素材和灵感，以此构成了其小说的一个不同于众的标识。

顺便说一句，《今昔物语集》张龙妹校注本前言说："《今昔》在日本的闻名，很大程度上借助于芥川龙之介。芥川在大正年间的作品，有不少是以《今昔》中的故事为题材的。对这些作品也一一作了注释，以期为从事芥川研究的人员提供参考。"但作为《竹林中》素材的《今昔物语集》上述故事下，可惜却并未见有相关的注释。

（《芥川龙之介全集》，高慧勤、魏大海主编。太宰治《人间失格》，竺家荣译。《今昔物语集》，北京编译社译，张龙妹校注。谷崎润一郎《恋爱及色情》，陈德文译。）

（原载《书城》2024 年 12 月号）

《水浒传》的启示

一

芥川龙之介在自传体小说《大导寺信辅的前半生》（1925）里说，他对文学的热情始于小学时代读《水浒传》：

"信辅对书的热情，是从小学时代开始的。引起他的这种热情的东西，是藏在父亲的书箱箱底的帝国文库本《水浒传》。这个大脑袋的小学生在暗淡的灯光下，把《水浒传》反复读过好多遍。不仅这样，当他合上书本时，他就想象替天行道的旗帜啦，景阳冈上的老虎啦，还有菜园子张青房梁上挂着的人腿啦。这是想象吗？——然而这个想象比现实还要真实。他不知多少次手持木剑，对着院子里挂着的晒干菜，和《水浒传》里的人物——一丈青扈三娘、花和尚鲁智深格斗。三十年来，这种激情一直在支配着他。他清楚记得他曾经多次把书放在面前而彻夜不眠。哎，岂止这样，在桌上、车上、厕所里——有时候在路上，他也热心地耽读着。当然，打《水浒传》以后，他没有再操过木剑，但他不止一次，为书上的事时而哭，时而笑，进入了'移入'忘我的境界，也就是说变成书里的人物了。"

在《爱读书籍印象》（1920）中他也说，除了"作为神魔小说，我认为这样的杰作在西洋一篇都找不到"的《西游记》以外，"《水浒传》也是我爱读的书籍之一。如今一样爱读。我曾将《水浒传》中一百单八将的名字全部背诵下来。我觉得即使在当时，《水浒传》和《西游记》也比押川春浪的冒险小说有趣得多"。

《水浒传》的影响是如此深远，后来当他成为一个小说家时，不仅是对于文学的热情，而且对于文学功能的看法，他也深受《水浒传》的影响了。

更不用说1921年他造访中国的时候，到处看见的都是《水浒传》里的世界了。

二

正在写《八犬传》的马琴，遇到了一些不顺心的事，独自冷清清吃完了午饭，终于进了书房。为了使不快的心情平静下来，他拿起了好久不翻的《水浒传》。一打开，便看到豹子头林冲风雪山神庙，从小酒馆出来，望见草料场失火。这个戏剧性场面，引起了他的兴趣。可是再往下看，心里反而更不平静了。他把《水浒传》放在桌上，抽起了并不爱抽的黄烟。在朦胧烟雾中，他想着一直留在头脑里的一个疑问。那是作为道德家的他和作为艺术家的他，二者之间互相纠缠的一个疑问。

他一向相信"先王之道"，公开宣称他的小说是"先王之道"的艺术表现，因此这二者是不矛盾的。可是从"先王之道"给予艺术的价值和他自己的心情给予艺术的价值之间，却存在着意外的距离。因此作为道德家的他肯定的是前者，而作为艺术家的他则肯定了后者。当然不是没有一种廉价的妥协思想来克服这个矛盾的，事实上他就是在表面上拿这种不成熟的调和论面对群众的，可是在背地里却偷偷掩藏着他对艺术的暧昧态度。

但他可以欺骗别人，却欺骗不了自己。他否定"戏作"的价值，主张"文以载道"，可是一遇到汹涌心头的艺术感兴，便立刻觉得不安了——《水浒传》的一个场面，在他心情上引起了意外的结果，原因正在于此。（《戏作三昧》，1917）

在艺术创作中，道德要求与艺术感觉之间的冲突是常有的事。正是《水浒传》里的"风雪山神庙"场面，凸显了这种冲突，让在"思想上怯懦"的马琴难以回避。因为这是林冲压抑已久后的一次大爆发，终于冲破了所有道德和法律的防线，大开杀戒，痛快淋漓地宣泄了自己的愤怒与仇恨。作为艺术家的马琴当然极其喜欢这一场面，但作为道德家的他又明知这是有违道德的，落实到他自己的创作中更是使他左右为难——芥川就这样精彩地揭示了马琴的内心世界，同时也揭示了他自己作为小说家的内心世界："我的'马琴论'只为表述自己心情而假借。"（1922年1月19日自田端致渡边库辅）

在《澄江堂杂记》（1918—1924）之三十二《德川时代末期的文艺》中，芥川也指出了马琴内心的这种矛盾："就连曲亭马琴也不相信他自己提出的'劝善惩恶主义'。马琴或许曾力求相信'劝善惩恶主义'，根据飨庭篁村编的《马琴日记抄》，马琴不会没察觉到自己心中的矛盾。我记得森鸥外先生确实在《马琴日记抄》跋中写道：'马琴啊，你是幸福的，你还能信赖先王之道。'然而我觉得马琴亦未相信先王之道。"可以说正是在《戏作三昧》中，芥川刻画了马琴的内心矛盾。

"'加油，加油写下去。现在写出来的东西，此刻不写，过一会儿就写不出了。'……这时，他的像王者似的目中，既无利害的观念，也无爱憎的感情。干扰心情的毁誉，早已不在他的眼里，有的只是一种奇妙的愉悦，一种恍恍惚惚的悲壮的激情。不知道这种激情的人，是不能体会戏作三昧的心境的，是无法了解戏作者严肃的灵魂的。在此，洗净了一切'人生'的渣滓，像新的矿石，美丽晶莹地出现在作者的眼前……"（《戏作三昧》）

三

在揭示马琴充满道德与艺术矛盾的内心世界的同时，芥川也揭示了《水浒传》价值和魅力的一个侧面：它的作者忠于自己无与伦比的艺术感兴，能在必要时把道德要求弃之如敝屣，从而使得自己的作品超越时代、超越国度，感动域内外古代与现代的读者。

在《江南游记》（1922）中，芥川对《水浒传》的这一特点作了详细的阐述："在日本，从马琴的《八犬传》到《神稻水浒传》《本朝水浒传》，《水浒传》的仿作层出不穷，但那种真正'水浒式'的东西，全然不见于这类仿作之中。那么到底什么才是'水浒式'的呢？或许可以说是中国思想的灵光。天罡地煞一百零八个豪杰，并不像马琴所认为的都是一帮忠臣义士，从数量上倒不如说是一帮无赖汉结成的社团。但是使他们纠结在一起的力量，却并非是嗜好邪恶之心……也就是说在他们之中，共有着蹂躏善恶于脚下的豪杰意识。无论是模范军人林冲，还是专业赌徒白胜，可以说只要有这种意识的便是兄弟。这样一种超越了道德的思想，不止在他们心中，与日本人相比，更在古往今来的中国人的心中根深蒂固，不可等闲视之……《水浒传》不是因为武松打虎、李逵挥斧、燕青摔跤才被千千万万人所喜爱的，让读者如痴如醉的，是磅礴于其中的粗犷豪迈的豪杰之心……"

这其实也是世界文学名著所共同具有的价值与魅力，比如芥川在题为《罗宾汉》（1922）的演讲中说英国文学也有这个特色，没有什么读者能够抗拒这种超越道德要求的人性揭示。

不过，在褒《水浒传》而贬《八犬传》等日本小说时，芥川似乎忘了自己曾写过《戏作三昧》一事了。

四

芥川有一篇《父亲》（1916），主题类似朱自清的《背影》，写貌似可笑实则感人的父爱。

"我"上中学四年级那年，学校组织了一次修学旅行，要在外地住三个晚上。规定出发那天一早，在上野停车场集合。早到的同学坐在候车室的椅子上，照例你一言我一语开始大声聊天，用狂妄傲慢、讽刺挖苦的语言，对同学、老师乃至路人评头论足。其中能势的语言最尖酸刻薄，最诙谐可笑，所以也最受同学们的欢迎。这时，有同学又发现了一个可以取笑的对象，一个穿着落伍、举止滑稽的奇怪老头。然而"我"一眼看出，那就是能势的父亲，差点脱口说了出来。但同学们都不知道这件事情，纷纷怂恿能势作出妙语评论。这时，只听能势说道："那家伙吗？那家伙是伦敦乞丐。"于是同学们哄堂大笑，纷纷跟着他取笑那人。

后来，"我"曾不露声色地问过能势，这才知道，那时候他父亲在学校的药房里工作，想在上班路上看一眼儿子去修学旅行的情形，事先没告诉能势，特地来到了停车场。

"阴天的停车场像傍晚一样昏暗。我在昏暗的空间里，不动声色地偷看这'伦敦乞丐'……这位与现代无缘的老人，身穿与现代无缘的西服，在眼花缭乱运动的人的洪流里超越现代。"——这个"伦敦乞丐"，宛如那个在浦口火车站的月台上"用两手攀着上面，两脚再向上缩，他肥胖的身子向左微倾，显出努力的样子"的青布棉袍黑布马褂的背影。

能势中学毕业后不久，因患肺结核不治身亡。在学校举行的追悼会上，由"我"负责念悼词。"我"站在头戴学生帽的能势遗像前，在悼词里加入了这样一句话："你孝顺父母。"

《父亲》发表后，有人从中读出了"道德"，但芥川觉得非常讨厌。"《父亲》在最初有某种事实的时候，我也如你所说的那样，受到感动。把这种感动硬说成道德，这是写作时候的心情与当事人的存在所左右的结果。我至今仍然讨厌那种不自然的夸张的道德性感动，决心以后再也不会出这样的事。"（1916年6月7日自田端致恒藤恭明信片）在芥川这样的表述和决心里，同样回响着《水浒传》的声音。

虽说与"道德"无关，但如果说《杜子春》（1920）表达了芥川对于母爱的感动，那么《父亲》可以说表达了他对于父爱的感动，这是毋庸置疑的。芥川还曾以《父亲》来劝诫后生："逗留期间，小生深感你才华横溢，正如日常所说，勿忘珍重自己。此乃可喜之处。若讲不可喜之处，即望更加善待令尊及各位家人。小生短篇中有《父亲》一文，虽属年少稚拙之作，却是实际经验之谈。每见你对令尊及各位家人的态度，必然想起那部短篇。忠言逆耳，切勿见怪，请予理解。"（1922年5月30日自镰仓致渡边库辅）但这种劝诫与道德教化无关——芥川让"我"在悼词里加入了"你孝顺父母"这句话就是证据。

另一篇《袈裟与盛远》（1918），则引起了读者相反的反应。《澄江堂杂记》之二十九《袈裟与盛远》云，该独白体小说在《中央公论》上发表后，一个大阪人给芥川发来一信，占据道德高地，指摘芥川把烈女写成荡妇，对国民教育会造成不良后果，并以略带威胁意味的口吻说："我是为了你好。我觉得这种写法不可取。"芥川即刻作复，引《源平盛衰记》里"文觉立志"一段，说明自己的创作是有根据的，恰恰是道德家们想当然耳。"不知出于何种意图，社会上普遍无视这一史实，似乎把可怜的女主人公广泛宣传成一个超人的烈女。由此可以看出，随心所欲篡改史实之罪，不在写了小说《袈裟与盛远》的我，毋宁说倒是在非难我这篇小说的资产阶级人士。"

而无论是看出"道德"还是"悖德"，其实都是对芥川作品的误解误读，根本上是违背《水浒传》的精神的。

对芥川来说，"想写而写"是唯一动机，其他都是附带产生的。"'艺术就是表现'这个观点是'直接要求'，它促使我写小说。不消说，间接的还有其他各种各样的'要求'。或者于那些'要求'之中，也许夹有冠以'人道'定语的'要求'。然而这种'要求'永远是'间接要求'。我始终平凡地、通俗地贯彻着的，仅仅是想写而写。今后还要一如既往。除此以外，别无他途。"（《旨在采取明晰的形式》，1917）

五

也不能说芥川已完全摆脱了传达主题的诱惑。比如在其《玄鹤山房》（1927）的末尾，出现了一个耽读李卜克内西书的大学生，据说就是承载着作者的创作意图的："我的意图是，主人公玄鹤山房的悲剧，最后要接触山房以外的世界。（除最后一章，全部场景在山房之内，原因便在于此。）我还想暗示：外面的世界，孕育着一个新时代。众所周知，契诃夫的《樱桃园》中，便点出一新时代的大学生，让他从二楼摔下。我无法像契诃夫那样，面对新时代，发出彻底绝望的笑声，但也缺乏拥抱新时代的热情。诚如您所知，李卜克内西在《回忆录》中，叙述会见马克思和恩格斯时，流露出些许叹息。我希望，我写的这个大学生身上，能有李卜克内西的影子。"可惜，除了个别读者，芥川的这一创作意图基本无人领会。"这一创作意图也许是失败的，至少对评论会的各家——阁下除外——并未能给予任何暗示。当然，这也是无可奈何的事。"（1927年3月6日自田端致青野季吉）

此外，平时手不离英语读本的英吉，代表了当时开化模式的青年，是明治维新时期日本的象征（《偶人》，1923）。

芥川《上海游记》（1921）的最后，有"扔花"和"读书"情节："我警惕着自己不要陷入危险的感伤之中，随手将那朵干枯的白兰花扔到了地板上。之后点燃了一支香烟，读起了临行前小岛氏送给我的梅里·斯托普丝。"拙文《芥川龙之介与洛蒂：分裂的中国与日本形象》（收入拙著《东洋的幻象》）曾分析"扔花"和"读书"情节云："这个'扔花'情节同样具有象征意味，表明了他与现实的中国的诀别。而'扔花'之后的'读书'，则象征了从中国转向西方，简直就是一篇文学化了的'脱亚论'。"由《玄鹤山房》的创作意图也可以知道，我对《上海游记》的上述解读并没有错。

"读书"，尤其是读什么书，在芥川笔下，有时是有象征意味的，是为传达主题服务的，虽属于"间接要求"，也不可以轻易看过。

（《罗生门：芥川龙之介中短篇小说选》，楼适夷、吕元明、文洁若译；《中国游记》，秦刚译；《芥川龙之介全集》，高慧勤、魏大海主编。）

（原载《书城》2025 年 5 月号）

一念之差

一

芥川龙之介的《魔术》（1919），讲了一个"我"学习魔术的故事——

印度人米斯拉是一个年轻的魔术大师，我通过朋友的介绍结识了他。但他耍弄魔术时，我恰恰一次也不曾遇上，所以还没有见识过。于是我事先写信给他，恳请他为我表演一下魔术。这天晚上，我冒着如注的大雨，来到了米斯拉的寓所。

米斯拉当场为我表演了几个精彩的魔术，令我看得目瞪口呆，然后对我说："我的这种魔术，你要是愿意，你也能掌握的。"

我表示不相信。米斯拉向我保证："当然能够掌握，无论谁都能轻而易举地学会。"但又附加了一个条件："只不过，有欲念的人学不了。要想学得哈桑·甘的魔术，首先要做到清静无欲，你能做到这一点吗？"

"我以为我是可以做到的，只要你肯教给我的话。"

"那么，我来教你。今晚就请你睡在我这儿。"

"那真是太打扰你了。"

"老婆婆，老婆婆，今天晚上客人睡在这儿，你去准备一下床铺。"

·············

我师从米斯拉学习魔术，转眼已有一个月左右了。也是在一个大雨如注的夜晚，在银座某俱乐部的一间屋子里，我给几个朋友表演新学得的魔术——把炭火变成了一大堆的金币，让朋友们惊得目瞪口呆。他们舍不得我把金币还原为炭火，提出要跟我赌一把：如果我赌赢了，金币随我处置；如果他们赌赢了，金币归他们所有。

可每次都是我赢，朋友们急了，提出最后再赌一把，押上了所有的财产。

一刹那间，我忘了赌局的初衷，我的欲念抬头了：这一次如果不走运输了的话，那么，不只是桌上那些堆积如山的金币，甚至连我好不容易才赢得的金钱，最后都将会被对局的朋友们攫去；而假若我在这次较量中获胜，对方的全部财产都将入我囊中。在这种关键时刻还不借用一下魔术的话，我煞费苦心学来的魔术又有何用呢？这么一想，我就再也按捺不住了，迫不及待地一面暗中耍了魔术，一面以一种决一死战的猛劲说："行啊，你先抽，请！"

"九点。"

"老 K。"

我一面发出扬扬得意的叫声，一面将抽得的牌送到脸色发青的对方眼前。可是，很不可思议，那张纸牌上的老 K 简直像附上了魂魄似的，抬起戴着冠冕的脑袋，忽然从牌里探出身来，彬彬有礼地露出一丝令人毛骨悚然的微笑，用一种我听来很耳熟的声音说："老婆婆，老婆婆，看来客人要回家了，可以不必准备床铺了。"

我突然清醒过来，环视四周，发现自己仍旧沐浴在昏暗的煤油灯光下，米斯拉脸上浮现着简直和那张纸牌上的老 K 一模一样的微笑——我俩正面对面地坐着呢。窗外依旧大雨如注。夹在我手指间的香烟上的烟灰，还停在那里不曾掉落下来。

"要想学会我的魔术，首先必须抛掉欲念才行，这点修行你还没有具备。"米斯拉的目光里透着遗憾，平心静气地教训了我一顿。

二

博尔赫斯的《达不到目的的巫师》，也讲述了一个学魔术的故事，也提出了一个差不多的教训。

圣地亚哥城里有一位副主教，非常渴望学会魔法。他听说托莱多的堂伊列昂精通此道，而且无与伦比，就到托莱多来找他。堂伊列昂说，他已经知道来客是一位副主教，是来向他求教各种各样学问的，而且总有一天，副主教会忘记酬答他的效劳——这是那种高官厚禄的人经常干得出来的。副主教发誓说，他决不会忘记堂伊列昂的恩惠，随时会满足他的要求。他们达成了协议。

堂伊列昂解释说，魔法只能在一个十分秘密的地方才学得会，因而就拉住副主教的手，把他带进另一个房间，里面的地板上有一个大铁环。然而在这之前，他吩咐女仆准备松鸡做晚饭，不过，在他没有下命令前，先不要烤。堂伊列昂跟他的客人拉起铁环，沿着一道磨损的旋梯往下走去。旋梯下是一间斗室，里面满架书籍，还有一只柜子，装着魔法器械。他们就在那里授受魔法。

在学习魔法期间，副主教时来运转，先后被升为主教、大主教、红衣主教乃至教皇。堂伊列昂一路追随他，先后到了圣地亚哥城、图卢兹和罗马。每次堂伊列昂都请求他把空出的职位留给自己的儿子，但是都没能如愿，因为他总有亲属需要安排。

到了最后，这位教皇对堂伊列昂说，这种连续不断的请求，现在已经使他厌烦了，如果堂伊列昂再这样强求下去，他就要将其送进监狱，因为他知道得很清楚，堂伊列昂不过是一个巫师，曾经在托莱多教授魔法。

可怜的堂伊列昂无话可说，只好回答道，他要回西班牙去，要求教皇赏赐一点食物，供他在漫长的海程中吃，教皇又一次拒绝了他。于是堂伊列昂（他的脸变成了一种奇怪的模样）以毫不犹豫的声调说："既然如此，我就只得吃我吩咐留作晚饭的松鸡了。"

女仆走了进来，堂伊列昂命令赶快烤松鸡。教皇立刻发现自己仍然在托莱多的地下斗室里，仍然只不过是圣地亚哥城的副主教。他羞愧得无地自容，不知说什么才好。堂伊列昂说，这样的考验已经足够，连松鸡也没有给副主教吃，就把他送出门口，以郑重其事的礼貌，祝他一路平安地回家。

三

芥川与博尔赫斯有个共同点：他们都是图书馆或书斋里的作家，擅长利用历史文献来写作。正如芥川《澄江堂杂记》（1918—1924）之十《世人》引法郎士语所云："我知晓人生，并非与人接触的结果，而是与书接触的结果。"只不过，芥川后来走向了现实，博尔赫斯则始终没有。（博尔赫斯堪称长寿，博览群书自有时间；芥川短短的一生里，竟读过那么多书，读其散文小品杂记，于此实在印象深刻。）

在上述两篇作品中，两位作家使用了相近的写作手法，讲述了一个相似的故事，揭示了相同的人性弱点，得出了相仿的道德教训，正所谓"东海西海，心理攸同"了。

但还有什么地方是不同的，那就是比起博尔赫斯来，芥川更注重"一念之差"，正如棒喝顿悟的禅宗，瞬间决出胜负的相扑。

在《罗生门》《蜘蛛丝》《疑惑》《杜子春》《阿富的贞操》等作品里，都是一念之差决定了人物的命运——或得救或毁灭，或堕落或保全。

对于《魔术》与上述作品间的联系，芥川自己也是有所觉察的。"《魔术》不像《蜘蛛丝》那样有诗意，所以没有浑然的感觉也是很自然的。但是正因为如此，才有了《蜘蛛丝》里所没有的小说吧。"（1919 年 12 月 22 日自田端致小岛政二郎）《魔术》与《蜘蛛丝》是风马牛不相及的故事，唯一的相通点就是都写了一念之差。

相比之下，博尔赫斯的故事则更侧重表现人得意后贪婪腐化越变越坏的全过程，宛如要多个回合才能决出胜负的西洋拳击。

这或许也是两位文学大师乃至东西方文化的一点细微差异吧。

（《疑惑：芥川龙之介编年别裁集》，吴树文译；《芥川龙之介全集》，高慧勤、魏大海主编。《博尔赫斯短篇小说集》，王央乐译。）

特立独行的芥川

一

在日本近代作家中，芥川龙之介以头脑清醒著称。尤为难得的是，无论对自己还是对日本，他都具有自我反省意识。比如《侏儒的话》（1923—1926）之《武器》论述"正义"的工具性云：

"正义和武器相似。武器只要是出钱，敌人也好，我方也好，都可以买到。对正义只要是讲出道理来，敌人也好，我方也好，也都可以买到。自古以来'正义的敌人'的名字，像炮弹似的在打来打去。然而由于在修辞上的欺骗，到底谁是正义的敌人，还没有见到搞清楚的例子。"

抓住"正义"的工具性这一点，芥川批判了日本在运用"正义"时的双标："日本工人只因为生为日本人，就被命令离开巴拿马（按：指1913年美国加州议会通过决议，认定《排华法案》也适用于日本人），这是违背正义的。据（日本）报纸的报道，当然应该把美国叫作'正义的敌人'。但是中国工人单单因为生为中国人，就被命令离开（东京的）千住，这也是违背正义的。根据日本报纸的报道——不，日本两千年来经常是'正义的一方'，'正义'似乎从来也没有和日本的利害发生过一次矛盾。"

不仅如此，芥川的批判还要更进一步，剑指靖国神社里的游就馆："每当我翻看历史，就不由得想起游就馆。在古老的幽暗的廊子里，陈列着种种正义。似青龙刀者大概是儒教传授的正义。似骑士之矛者大概是基督教传授的正义。这里还有很粗的棍子，大概是社会主义者的正义。那里有挂着穗子的长剑，大概是国家主义者的正义。我一边看这些武器，一边想象着几多的战斗，不由自主地心惊肉跳。然而不知道是不是幸运，就我的记忆所及，我还从来不曾想拿起这些武器中的任何一件。"

在《侏儒的话》之《倭寇》里，芥川直白辛辣地说："倭寇显示了我们日本人有足够的能力与列强为伍。我们在强盗、杀戮、奸淫等方面也绝不劣于前来寻找'黄金岛'的西班牙人、葡萄牙人、荷兰人和英国人。"在《侏儒的话》之《中国》里他又批判道："萤火虫的幼虫吃蜗牛的时候，并不是把蜗牛杀死。为了经常吃新的肉，只是把蜗牛麻痹起来。以我日本帝国为首的列强的对华态度，毕竟和萤火虫对蜗牛的态度毫无差别。"

二

芥川不仅坐而论道，而且起而实行，创作了许多立场鲜明的作品。

他在 1921 年访问上海期间见到了章太炎，章氏一针见血地批评了桃太郎传说："我最厌恶的日本人是讨伐鬼之岛的桃太郎。对于喜欢桃太郎的日本国民，也不能不多少有些反感。"芥川对此印象深刻且高度评价："先生的确是位贤人。我时常听到外国人嘲笑山县公爵，赞扬葛饰北斋，痛骂涩泽子爵，但是还从来没有听到过任何日本通像我们章太炎先生这样，一箭射向自桃而生的桃太郎。且先生的这支箭，比起所有日本通的雄辩来，包含的真理要多得多……那时先生讲述的话语，至今仍在我的耳边响起。"（《偏颇之见》二《岩见重太郎》，1924）可能正是受了章氏这番话的启发，芥川写了小说《桃太郎》（1924），把桃太郎传说的侵略性和野蛮性作了形象的揭露。

从桃子里生出来的桃太郎要去征讨鬼岛。问他为什么想去征讨鬼岛，他说，因为不想像爷爷奶奶那样到山里、河里、田里去干活儿。听到桃太郎这样说，爷爷奶奶对这个调皮的孩子寒了心，想把他尽快赶出家门，要什么给什么，什么旗帜、大刀和铠甲等打仗用的东西都让他拿走。

鬼岛是大海里的一个孤岛。说是鬼岛，实际上岛上到处生长着高大的椰子树，比翼鸟在婉转地歌唱，完全是一块美丽的天然乐土。生长在这块乐土上的鬼当然是热爱和平的。桃太郎对这些无罪的鬼施加了日本开国以来最可怕的打击。"快追！快追！只要看见鬼，一个不留全杀掉！"所有的罪行过后，椰子林里到处都是鬼的尸体。鬼的酋长和几个捡了一条命的鬼在桃太郎面前投降了，鬼岛的宝贝都献了出来，鬼岛的孩子都成了人质。桃太郎带着宝贝和人质得意洋洋地凯旋了。

不过，桃太郎一辈子过得并不幸福：鬼的孩子长大了，立刻逃回鬼岛去了；鬼岛上活下来的鬼经常渡海过来，制造各种麻烦；在冷清的鬼岛海边，五六个年轻的鬼为了策划鬼岛的独立，正往椰子里装炸弹……

在小说的结尾，芥川提出了发人深省且已被历史证实的预言："在人所不知的深山里，桃树钻破云霄，仍然像过去那样结着累累果实。当然，孕育桃太郎的果实早就顺河谷漂向了远方。但是，不知还有几个未来的天才仍然藏在这些果实里。而那只大鸟不知什么时候还会在树梢上出现。啊，不知还有几个未来的天才仍然藏在这些果实里……"后来，果然就有一批桃太郎的徒子徒孙，悍然发动了罪恶滔天的侵略战争……

或许也可以说，比起所有日本小说家的雄辩来，这篇小说包含的真理要多得多。

三

在同年初所作的《金将军》（1924）里，芥川写了一个万历朝鲜战争期间朝鲜流行的小西行长殒命的故事，借古讽今批判了日本的历史教育："当然，行长并没有在征伐朝鲜的战争中丧命，但是粉饰历史的并不只是朝鲜一国。其实在日本教育儿童的史书里——或是在教育和儿童差不多的日本男人的历史里，也充满这样的故事。比如说日本的历史教科书里，哪有一次关于打败仗的记载呢？"然后他引了一段《日本书纪》里的记载，有关那场著名的白村江海战，日本舰队大败于大唐水师（663），说明日本历史上其实也是有败绩的。

小说对于那场不义的侵朝战争立场鲜明："三十年后，当时的两个和尚——加藤清正和小西行长统帅着千军万马杀进了朝鲜。朝鲜八道的房子被烧毁了，百姓们妻离子散，流离失所，四处逃难。京城已经陷落，平壤也不再是王土了。宣祖王好不容易才逃到义州，苦苦地等待着大明的援军。如果就这样束手任倭军践踏的话，美丽的八道山川便会眼睁睁地化为一片焦土。不过，幸而天道并未舍弃朝鲜，因为天让昔日在田间令人惊奇的小孩金应瑞出来拯救祖国了。"芥川写作这篇小说时，日本已经吞并朝鲜十四年，在其他日本作家的笔下，早已纷纷是"内鲜一体"了，芥川却竟然还如此讲故事，充分表明了他的特立独行。

四

不仅如此，芥川还以标题一字之差的《将军》（1921），辛辣讽刺了死后被神化的乃木希典。此小说同样创作于中国之行归来后，同是受了章太炎的影响也未可知。

小说第一章《白襻队》，写将军与士兵。在日俄战争期间，乃木希典不惜牺牲众多士兵的性命，强攻俄军防守严密的炮台，真是所谓的"一将功成万骨枯"。小说里写道，事实上，为了不向恐惧投降，士兵们只能强装出一副快活的样子，同时仍发着牢骚："胡说！哪有什么对得住对不住的！即便是到小酒店打一合酒，如果仅凭敬个礼，人家也是绝不会白给你的！""你这个混蛋！难道俺们的天职就是送死不成？"将军视察敢死队，跟士兵们紧紧握手，鼓励他们："那就给我好好干吧！"有的士兵暗自下定决心，为了报答将军的握手之恩，今晚一定要抢在众人前面充当炮灰，但同时也说着各种怪话："也没什么可高兴的……喂，跟那样一个老头子握手，有什么稀罕的？"

小说第二章《间谍》，写将军与间谍。两个中国人，因为被怀疑是俄国的间谍，被哨兵捉将来审讯，可怎么搜查都找不到证据。正要剖开他俩的鞋子，将军来了，用近于偏执狂式的眼神，一动不动地盯着两个中国人，然后英明地指示："把那鞋子剜开看看！"——情报果然藏在鞋底。"司令官明察秋毫，让人不胜敬佩。"部下拍马屁说。"俺一下子就认准了那鞋子。"将军还处在亢奋中。"是俄国间谍呀，"将军的眼睛里倏然掠过了偏执狂式的光芒，"斩掉！斩掉！"骑兵当即挥动大刀，砍掉了中国人的脑袋。"很好！干得不错！"将军一面喜形于色地点着头，一面驱赶着马儿走远了。最后是芥川的点睛之笔：跟在将军身后的一个军部参谋，脑子里浮现出了一度爱不释手的司汤达作品里的一句话："一看见那些戴满勋章的人，我就禁不住想，他们为了得到那些勋章，做了多少××的事情……"（按："××"是被检察官删掉的词）——东北大学里遍寻不着的那枚幻灯片，那枚《藤野先生》里播放过的幻灯片，原来就藏身在芥川的这篇《将军》里了。

小说第三章《阵地上的演出》，写将军看演出。将军观看军中的即兴表演大会时，两次煞风景地喝令终止搞笑的节目，要求上演"富有教育意义"的节目，以致外国的随军武官挖苦道："将军也真够累的，既要当司令官，又要当检察官……"

小说第四章《父与子》，写十多年后的事。参战军人的下一代，把家里悬挂的乃木希典遗照，代之以伦勃朗的肖像。父亲问儿子理由，儿子的回答让父亲大跌眼镜："对将军那种想自杀的心情，我倒是多少可以理解一些，但对他为什么会拍照，却觉得很难理解。不至于是想到死后在每家店铺的门口都展出这张遗照吧……"——1912 年 9 月 13 日，是明治天皇的大葬日，乃木希典夫妇殉死，但殉死前先请摄影师到家里拍照留影，后来报纸上登的、家家户户挂的就是那张遗照，也就是夏目漱石《心》（1914）里写到的，在报道将军死讯的号外上，"身穿军服的乃木大将和一身宫女服装打扮的夫人形象长久地出现在眼前，叫我难以忘怀。一阵悲恸之风刮过乡村的每个角落，惊动了沉睡的树木和青草"。在《江南游记》（1922）里，芥川则感叹乃木希典成神之速："乃木希典大将被奉为神圣，几乎没用一周的时间。"《将军》里的上述情节和描写，应该也表达了芥川本人对乃木希典殉死之举的腹诽吧。

得知乃木希典夫妇殉死明治天皇后，身患重病的学生父亲连呼"了不得！了不得！"，后来又不时说起胡话来："对不起乃木大将。真是颜面丧尽。不，我将立刻步您后尘……"——对比漱石《心》里的这类描写，芥川的《将军》写出了对乃木希典愚忠而虚荣的讥讽。

关于这篇小说的遭遇，芥川在《江南游记》里写道："在今年新年号的《改造》上，我发表了题为《将军》的小说……其中的一部分文字被开了天窗，杂志的编辑被当局叫去训斥了两次。"在《澄江堂杂记》（1918—1924）之三《将军》里，芥川也愤慨道："我的小说《将军》里，有好几行文字被政府当局删除了。读今天的报纸（1922 年 3 月 16 日《东京日日新闻》）知悉，穷途潦倒的残废军人举着各种各样的标语牌，游行在东京街头。标语牌上写着'我们是被队长欺骗了的阁下们的踏脚石''撒弥天大谎，不堪回首'等口号。政府当局似乎也无力掩盖残废军人问题……政府当局一面强令贯彻虚伪，一面喊着不可失掉'××之念'……幼稚可笑的是政府当局。"芥川用事实打脸了给《将军》开天窗的政府当局。

无独有偶，川端康成的《舞姬》（1951）的结尾，也写到了类似的残废军人的场景，但那已经是二战战败后的日本了："残废军人在大矶一带募捐。品子茫然地听着他们那带刺的演说腔调。'诸位，不要给残废军人捐款。捐款是禁止的……'另一个声音说。残废军人停止演说，踏着金属假腿的脚步声与品子擦身而过。他从白衣服里伸出一只手，也是金属骨骼的假手。"这是甲午战争后半个多世纪里，在日本一再上演的典型风景吧。

五

在《追忆》（1926—1927）之三十七《日本海海战》里，芥川揶揄了日俄战争时期的一句口号，就像在一只膨胀的气球上戳了一针一样：

"我们都相信日本海海战是日本的头等大事。即使发行了'今日晴，浪较大'的号外报纸，胜败也不易明晓。就在那个时期的一天午饭时分，与我同组的一位老师拿着号外冲进教室喊道：'哎，大家欢呼吧！重大胜利呀！'这时我们的感激确实还是国民性的。中学毕业之前，我阅读了国木田独步的作品，发现在一篇题为《电报》的小说里也描写了这种感激。喊出'皇国兴亡，在此一举'的口号，大概比任何战争文学更具有诗意。十年之后，我请海军机关学校的理发师为我理发。他也是日俄战役中'朝日'号上的水兵，所以就说起了日本海海战。他板着脸漫不经心地说：'得了吧。那个口号自始至终一直在喊，只是在日本海海战时期才登在了号外报纸上。'"

1923年9月1日，日本关东地区发生大地震，死亡人数超过十万，被毁房屋约四十万间。地震还导致霍乱流行，随之又发生了大火，暴徒追杀在日朝鲜人，东京都政府下令戒严。亲历关东大地震的芥川，在《当1923年9月1日大地震发生之际》（1923）之一《大地震杂记》中，写下了如此冷嘲热讽的文字：

"我是善良的市民，可是我却觉得，菊池宽缺乏这个资格。

"戒严令实施之后，我依然叼着香烟，和菊池宽杂谈。虽说是杂谈，内容并没有超出地震的范围。杂谈之间我说：'据闻，大火的原因是××××××××。'菊池宽耸眉怒目大喝一声：'你的风闻全是谎言！'我当然只能说：'大概是谎言吧。'接着我又说；'据闻，××××是布尔什维克的走卒。'菊池宽又耸眉怒目斥责道；'胡扯！你说的事纯属谎言！''哦，这也是谎言么？'我赶紧将自己的说法撤回。

"其实，我还有一个看法。所谓良民，即相信布尔什维克与××××之间存在阴谋。万一不相信呢？那至少表面上也得装作相信。然而野蛮的菊池宽不相信也不佯装相信，理应视其为完全放弃了良民资格。我是善良市民，同时又是自警团的一员，我不得不为菊池宽深感惋惜。"

读着这样的文字，我觉得芥川，还有那时的菊池宽（不是后来成为军部帮凶的那个），真是太可爱了。然而遗憾的是，我大约知道"大火的原因是"后面被删的是什么，却不清楚"布尔什维克的走卒"究竟指的是谁。

"立在两国桥桥头的表忠碑也和早年没有变化。书写表忠碑的是日俄战争的陆军总司令大山岩侯爵。日俄战争开始的时候，我刚上中学。生于1892年的我当然记得起日清战争。北清事变时（1900），我有时去广小路（两国）一家叫作'大平'的绘画通俗读物书店，看到石版印刷的战争画片儿，就一样买一张。在那些画片儿上，义和团拳匪和英国大兵纷纷倒下，日本兵却一个也不倒。那时我就想，日本兵同样也要死几个的呀。但日俄战争爆发时，我坚信没有比俄国更坏的国家了。我的现实主义并没有随着年龄的增长而成熟。当然，很可能是由于我的朋友也已参战的缘故。那个朋友在南山的战斗中挂在铁丝网上死去……我望着高大的表忠碑，仿佛突然意识到必须重新思考二十年前的日本。同时，我也感觉到表忠碑隐含着一种近似于时代错误的东西。"(《本所和两国》，1927）

这是芥川自杀前仅仅两个月时写的，可以看到他战争认识的心路历程，以及他对于日本近代几次战争的看法，那可绝对不是什么正面的东西。

我感到好奇的是，如果他没有自杀，而是活到了二战，他对于战争的态度，还会一仍旧贯吗？还会坚持说"无论如何，战争不是一件好事"（1915 年 11 月 14 日自田端致原善一郎）吗？还是也会像许多文人那样，帮闲、帮忙乃至帮凶——比如那个写《惜别》（1945）的太宰治？我真心希望他是前者，成为日本良知的代表。

曾经在《妾宅》（1912）里通过妾宅主人珍珍先生之口辛辣地讥讽过"原始而健全的某帝国社会"，在《火花》（1919）里为自己在"大逆事件"中保持沉默、一言不发而难以忍受良心上的痛苦，因而感到极大羞耻的永井荷风，在后来的侵略战争中难得地没有像大部分日本文人那样附逆，也许正是一个很好的参照。

（《罗生门：芥川龙之介中短篇小说选》，楼适夷、吕元明、文洁若译；《芥川龙之介全集》，高慧勤、魏大海主编；《中国游记》，秦刚译。夏目漱石《心》，谭晶华译。川端康成《舞姬》，唐月梅译。永井荷风《晴日木屐》，陈德文译。）

芥川的汉学

一

芥川龙之介十岁即开始学习汉学，中学时代已读过许多汉诗，中学毕业时已有如此认识："今晨细雨霏霏，独坐翻开许浑《丁卯诗集》，但觉愁情如雾，扑面而来。其怀古七律，尤为格调哀伤，较之李义山更为细腻，较之温飞卿更为哀艳。青莲、少陵以降，以七律独步斗南，良有以也，实非偶然。"（1910 年 7 月 3 日自本所致广濑雄）1913 年一高毕业后进入东京大学，读的小说、戏曲多为中国作品，如痴如醉地读了《珠邨谈怪》《新齐谐》《西厢记》《琵琶行》等（《写小说始自朋友煽动》，1919），看的多是《虞初新志》《剪灯新话》《水浒传》《金瓶梅》之类版本陈旧的小说（1913 年 7 月 22 日自新宿致藤冈藏六）。最喜读柳文："最近又一直阅读柳宗元。我最喜柳文。昌黎读柳州之文前，必先用玫瑰水洗手，实有其理。柳文虽短，读至《钻鉧潭西小丘记》，可见柳柳州之真挚，顿生清寒之感。"（1913 年 12 月 10 日自新宿致浅野三千三）——也提到了"昌黎读柳文"之典，正如夏目漱石《我是猫》（1905—1906）里的猫。

芥川对于汉学的认识相当透彻："读汉诗汉文有无益处？我认为有益处。我们所使用的日语，即便没有法语来自拉丁语的关系，也受到汉语的很大恩惠。这并不仅仅是因为我们使用着汉字。汉字就算是变成罗马字，从久远的过去所积蓄的中国式的表达方式，也还是存在于日语之中。所以，读汉诗汉文既有益于日本古代文学的鉴赏，也有益于日本当代文学的创造。"（《汉文汉诗的意趣》，1920）

芥川举例说明汉诗的魅力，所举的例子都很有意思。比如在《肉骨茶》（1920）之《昨日风流》中，举赵翼的《吴门杂诗》《山塘》诗，说"此一腔诗情，殆可谓有股艺术力量促动人们念及永井荷风"。在《汉文汉诗的意趣》中，举韩偓《香奁集》里的《想得》诗，说"少女羞羞答答不愿上秋千之想，简直就是生田春月君诗中的一幅场景"；举赵翼的《编诗》诗，说"对于我们这些卖文为生者，无疑会有同感"；举杜牧的《遣怀》诗，说"此诗可以使人联想起吉井勇君"；等等。"就是这样，汉诗之中包含着与我们现在的心情紧密相连的东西，绝不可一概地加以蔑视。"

芥川还常把中国小说与日本小说作比较："从前我读《今古奇观》时，发现里面有的情节与竹田春海著《竺志船物语》的某些情节如出一辙。"（《关于书的事情·〈影草〉》，

1921）

芥川从小打下的扎实的汉学基础，使他在讨论他所喜欢的芭蕉时，能看出其所受中国文学的各种影响。他这方面的见解，集中体现在《芭蕉杂记》（1923—1924）、《续芭蕉杂记》（1927）等中了。

二

芥川的汉文能力可以，所以喜欢买书读书的他，也自然会关注汉译本，在他的随笔小品里，时常会提到汉译本之事。

"今日路过本乡大街，无意中发现了《托氏宗教小说》（1907）这本书（按：这是托尔斯泰作品最早的中译本）……随便往下翻阅，对'牧色'（农民）、'加夫单'（马车夫长袍）、'沽未士'（马奶酒）等西语的音译，感觉果然新鲜。出版了这样的译本，托尔斯泰知道吗？香港与上海的中国人中，或恐有若干青年因为偶然读了此书，把托尔斯泰景仰为终身的恩师。托氏是否收到那些南方的青年向他遥致敬意的信函？我把《托氏宗教小说》摆在眼前，一边撰写这篇文章，一边胡思乱想。"（《点心·〈托氏宗教小说〉》，1921）那时他正关注着俄罗斯文学，尤其是托尔斯泰等人的作品。

"我有一本汉译本《天路历程》……汉译本的译文基本准确，各处的诗也译成了汉诗。"（《关于书的事情·〈天路历程〉》）"其文章以汉文叙述西洋事情，读来反倒觉得妙趣横生。尤其是书中英文诗歌的翻译，纵令作为汉诗缺乏韵味，可毕竟有一种别样的格调，与插图内容相得益彰。譬如，《生命之河》是这样翻译的：'路旁生命水清流，天路行人喜暂留。百果奇花供悦乐，吾侪幸得此埔游。'"（《肉骨茶·〈天路历程〉》）他的汉英文能力都相当不错，让他能够欣赏汉译本的趣味。

在一百多年前的中日两国，出版业交流沟通也很密切。正如芥川所言，《天路历程》日译本的书名取自中译本："日本将 *Pilgrim's Progress* 译作《天路历程》，这也许是沿袭了清同治八年（1869）上海华草书馆出版的汉译本名。"（《肉骨茶·〈天路历程〉》）反之，1902年上海开明书店出版钱塘趼少年（沈祖芬）编译的《绝岛漂流记》，为《鲁滨孙漂流记》第一个编译本（文言文），虽然直接从英文译出，却采用了日译本的书名。三年后的1905年，上海的商务印书馆出版林纾、曾宗巩合译的《鲁滨孙飘流记》，为该小说第一个全译本（文言文），直接从英文译出书名，同样译为"飘流记"。由此开始，无论日译本还是早期中译本，乃至后来其他各种中译本，都不约而同地采用了"漂（飘）流记"的书名。

芥川的汉学能力之强，也使他能够轻易看出坊间石印本汉籍的错讹。"由排版错字顺便想起了我曾经读过的石印本王建的宫词，其诗如下：'御池水色春来好，处处分流白玉渠。密奏君王知入月，唤人相伴洗裙裾。'诗中的'入月'被错印成'入用'。'入月'指女人来月经（诗中吟咏月经，也许仅止于宫词）。将'入月'错印成'入用'后，其意无从明晓。我碰到这种误排现象之后，总觉得石印本书籍的可信度全都值得怀疑。"（《关于书的事情·〈各国演剧史〉》）"西方有无歌吟女子'红潮'的诗篇？我孤陋寡闻，尚未得知。在中国的宫掖闺阁诗中，虽少却有歌吟月经之作。王建的宫词云：'密奏君王知入月，唤人相伴洗裙裾。'春风吹珠帘，银钩摇荡之处，观蛾眉宫人洗濯衣裙，月经不亦风流乎？！"（《肉骨茶·入月》）亏他这本万宝全书，连这种地方都注意到了。

三

芥川的汉学素养之深厚，还体现在他对汉字词汇错误用法的敏感上。比如有人把"门可罗雀"理解为门口如雀啼般热闹；把"貔貅"用于海军战舰；用"文质彬彬"来赞美明治神宫建筑材料之优良；大臣慨叹危险思想之蔓延已"病入膏肓"……"然而，天下无人怀疑其语怪诞。汉学素养遭忽视之风，亦不可谓不甚。由此不言自明，目下，青年男女虽明晓印刷成铅字的英语，但朗读'四书'却缺乏自信；托尔斯泰的名字耳熟能详，李青莲的名号却十分眼生。凡此种种，纷纭难以尽数。平日，我时常看见书店橱窗里陈列几本旧杂志，那封皮上题写着'红潮社发行《红潮》第××号'。知否？汉文里'红潮'一词，其意专指女子的月经。"（《肉骨茶·语谬》）——不知经他如此一嘲，《红潮》是否夭折或更名？

又如，拉丁格言"Arslonga, vitabrevis"（艺术永恒，人生短暂），本义近乎《庄子·养生主》所谓"吾生也有涯，而知也无涯，以有涯随无涯，殆已"，芥川批评日本人将该格言误用于"人亡业显"之义，然后指出："想采用'人亡业显'这层意思，又何必借用希腊哲人的话语，孙过庭早就留下了名言'人亡业显'云云。"（《杂笔·谬误》，1920）——惭愧的是，我以前也常常误用这句拉丁格言。

芥川考证"kiss"一词之汉译，"接吻"一词之缘起，也饶有意趣。在1883年版《英华字典》（井上哲次郎增订）中，"kiss"一词之注释，除"亲嘴"之外，还有"嗫面""嗫"等注。芥川指出，此系"吸口"之模仿，本不足怪，但因与汉译圣书同年出版，故可发一笑。若顺便翻开《金瓶梅》，竟有"咂舌""鸣咂舌头"之类，其他小说也大同小异。由此看来，"接吻"乃近年之造语是也（1925年5月21日自田端致斋藤茂吉）。我这才知道，原来"接吻"是这么来的，然后又输出到中国。

拙著《胡言词典（合集版增订本）》的扉页上，曾引芥川《侏

儒的话》（1923—1926）之《一种辩护》里的一段话作为"题
词"，以致敬我在辨正词语方面的这位前辈和同行："某新
时代的评论家在'猬集'的语意上，使用了'门可罗雀'的
成语。'门可罗雀'的成语是中国人创造的，日本人使用它时，
没有理由必须继承中国人的用法。假如通用的话，比方说形
容'她的微笑好像门可罗雀'，也是可以的。假如通用的话——
万事都出在这个不可思议的'通用'上……'门可罗雀'的
成语也许早晚也会同样产生意外的新例子。"

四

芥川理解的汉学，不仅是从中国传入日本的东西，还有
经日本人自己改良的东西，在《诸神的微笑》（1922）中，
他历数了各方面的例证。

汉字。"不远千里跨洋而来的，并不只是天主。孔子、
孟子、庄子——除此之外，从中国还来了无数的哲人。而且，
当时这个国家才刚刚诞生。中国的哲人们除了道以外，还带
来了吴国的绢丝、秦国的玉石等种种东西。不，甚至带来了
比上述珍宝更加贵重的灵妙之物——文字。但中国是否就因
此而征服了我们呢？比如，就看看文字吧！文字不仅没有征
服我们，反而被我们征服了。"——是的，且看最近的例子：
战后中日两国汉字简化分道扬镳，造成中日两国的简体字各

自为政；日本出版物引用中文文献时，从来不会使用中国简体字，而是一律采用日本简体字；但中国出版物引用日文文献时，对于其中所夹用的汉字，尤其是日本简体字、异体字，都描画惟谨。由此造成了中日两国出版物的一个奇观：日本出版物中完全看不到中国简体字，哪怕引用的是中文文献（"文字没有征服我们"）；而中国出版物中却使用了日本简体字、异体字，美其名曰因为这是"外语"（"反而被我们征服了"）。

节日。"在我过去认识的土著人中，有一个名叫柿本人麻吕的诗人，他创作的七夕和歌至今还在这个国家代代流传，你不妨读一读吧。其中歌咏的不是牛郎织女的故事，而是彦星和棚机津女的爱情。响彻在他们枕畔的，就恰如这个国家的河流一样，是那种清澈的银河所发出的潺潺水声，而不是像中国的黄河和长江那样的滚滚涛声。"——是的，在日本，上巳已过成女儿节，端午已过成男孩节，七夕已过成情人节……且都已按照西历来过了。

假名。"但比起和歌，更值得讨论的应该是文字吧。人麻吕为了记录下那些和歌，而使用了中国的文字。但与其说是利用了文字的意义，不如说只是利用了文字的发音。即便在'舟'这个文字传入之后，'ふね'还是一直读作'fune'。否则，我们的语言也就变成了中国话吧。"——是的，日本人曾用汉字标注日语的发音（音读），也就是所谓的"万叶假名"；但也用汉字表达日语的意义（训读），正如芥川上述所举之例。这样才让日语成为日语。

书法。"不仅如此，中国的哲人们还把书法传到了这个国家。空海、道风、佐理、行成——我常常悄悄走近他们身边，看见他们手里的字帖无一不是中国人的墨迹，但从他们的笔下却渐渐诞生了一种崭新的美。他们的文字不知不觉地演变成了既非王羲之亦非褚遂良的日本人自己的文字。"——是的，日本人发展起了自己的假名书法，正如朝鲜半岛发展起了韩字书法，这确实是他们在书法艺术上的推陈出新。

《孟子》。"然而，我们取胜的并不仅限于文字。我们的呼吸甚至就像海风一样调和了老儒之道。请看看这个国家的土著人吧。他们相信，因为孟子的著作容易触犯我们，所以，一旦船只装载了孟子的著作，那它肯定会覆没在大海里。"——是的，关于《孟子》在日本的遭遇，是有芥川所说的种种传说（如上田秋成《雨月物语》卷一《白峰》中西行对崇德上皇所言），但这对于日本究竟是祸是福，其实是很难一概而论的。

了解以上种种，对于了解芥川的汉学，乃至日本人的汉学，也是很有帮助的吧。

五

1923 年 2 月 6 日芥川自田端以明信片答成城中学学友会文艺部的提问道："一、喜欢数学、博物、物理、汉文；讨厌国语、化学（根本没做过实验）。二、曾想做一个中国文学或英国文学学者。三、我的友人中有作家，十有八九是受了他们的坏影响。"从小喜欢汉文课程，讨厌日语课程，想要成为中国文学学者——这番回答的可信度应该是很高的。"我若生在大唐国，愿做李义山家奴。"差不多同一时期（1922或1923年），他在致小杉未醒的信中如此深情表白。

也许正因如此，川端康成在《新文章读本》（1950）里说，芥川的文章使用"汉语性表现"较多，而在川端看来，"汉语，其语言生命已经僵化，作为以通俗易懂、新鲜、细腻、柔软、具象、情感为其生命的文学创作的用语，汉语性表现是不受欢迎的"。但是川端又说，"芥川的功绩在于他为汉语带来了新的秩序，芥川择词选语严格精准"——其中所说的"汉语""汉语性表现"，大概都是指日语中的汉字或汉字词汇吧。这确实像是从小喜欢汉文课程、讨厌日语课程的芥川可能有的行文特点。

顺便说一句，写《新文章读本》时的川端，生活在战败后美军占领的时代，似乎正沉浸在对罗马字母、拼音文字的膜拜中，以及对表意文字、汉字传统的幻灭中，有一种近似历史虚无主义的悲哀："在'汉文调'的文语体的历史中，我感受到一种悲哀，一种在汉文化支撑下发展起来的日本文化在历史上的悲哀。"他认为，"只要日语文章并用汉字和假名，那么日本的文章就要受到视觉效果的极大限制"，所以"我甚至怀有以罗马字书写小说的抱负","我内心中梦想的新文章，就是那种即使不用眼睛看，仅凭耳朵听就能明白意思的文章，就是那种不改变一个音直接就能够转写为罗马字的文章"。也就难怪他会赞成说，"对于今天新的文章而言，否定汉文体、限制汉字都是必要的"，而在评价芥川的文章时，会认为多用汉字或汉字词汇，以及由此带来的视觉效果，而非听觉效果，是其中的消极因素了。

假如——又是假如，芥川能活到战后，会否改变其文风？会否同意川端的评价？估计也会是很难的吧。

六

1921 年春夏之交，芥川有中国之行。临行前，在静养轩举办的欢送会上，里见弴致词时嘱咐他："中国人在古代很是伟大，然而古代伟大的中国人现在突然不伟大了，令我百思不得其解。到中国去后，切莫只看过去中国人的伟大，还要找到如今中国的伟大之处。"芥川说："我亦如此打算。"（1921 年 3 月 11 日芥川自田端致薄田淳介）

但遗憾的是，芥川在中国确认了"过去中国人的伟大"，却终于没能找到"如今中国的伟大之处"。"现代中国有什么？政治、学问、经济、艺术，难道不是悉数堕落着吗？尤其提到艺术，自嘉庆、道光以来，有一部值得自豪的作品吗？"（《长江游记》，1924）他的《中国游记》里充满了失望和怨气，哪怕到过了新文化运动的中心北京，哪怕见了章太炎、胡适、李人杰（即李汉俊，中共一大代表）等杰出人物，甚至无意中亲临了将于两个多月后召开的中共一大会址，李人杰预言了即将星火燎原、改变中国的社会革命："现今的中国到底应该如何？能够解决这一问题的，既非共和也非复辟。如此这般的所谓政治革命对于改造中国完全无能为力，这在过去业已被证明，现时也在被证明着。所以，吾人必须为之努力的，只有社会革命之一途。"（《上海游记》，1921）——其实这就是"如今中国的伟大之处"，但可惜在芥川有限的目光之外——也在当时几乎所有到访中国的日本人的肤浅目光之外。这对从小就喜欢汉学的芥川来说，不啻是个莫大的嘲讽和打击了。

芥川与汉学的不解之缘，萌发于少年时期，强化于青春岁月，失望于中国之行，终其短暂的一生，恐怕终究难以释怀吧。

（《芥川龙之介全集》，高慧勤、魏大海主编；《罗生门：芥川龙之介中短篇小说选》，楼适夷、吕元明、文洁若译；《中国游记》，秦刚译。夏目漱石《我是猫》，刘振瀛译。上田秋成《雨月物语》，阎小妹译。川端康成《新文章读本》，于荣胜译。）

西风东渐

一

对于西风东渐，芥川龙之介立场鲜明。对于芥川来说，随西风东渐的，不仅有"洋善"，也有"洋恶"，毋宁说，"洋恶"是与"洋善"一起传来的。"洋人的上帝飘洋过海来到日本，洋人的恶魔也一起驾到了。也就是说，在'洋善'输入的同时，'洋恶'也一起输入了……恶魔后来仍以传教士的身形周游各处。据记载，在南蛮寺建立的那段时期，恶魔不时在京都出没……后来遇上丰臣与德川两人禁止传播基督教，这恶魔起初还出现过，最后终于在日本完全销声匿迹了……最令人遗憾的是，恶魔在明治以后再次到日本来的情况竟无从知晓……"（《烟草与魔鬼》，1916）——恶魔在明治以后再次到日本来的情况其实是可以知晓的，那就是导致日本发动对外侵略战争的殖民主义、帝国主义，只是其逝也早，他看不到后面的情况罢了。

与《舞会》（1919）里充斥的对西方的"意淫"相反，

我们看到，在他的《中国游记》（1925）里，常有对于在华西洋人反感的敏感的描写。比如，在杭州西湖北岸的新新旅馆，他经历了令人难堪的一幕。"走出大堂的大门一看，五六个男男女女的美国佬正围坐在台阶上的桌子上，一边狂饮一边放声高歌。特别是那个秃头先生，抱着女人的腰，和着音乐的节拍，好几次都险些连人带椅一块倒在地上……这时，突然有人晃晃悠悠地顺着石阶而下向门口走来，是那个秃头的美国佬……那个秃头的美国佬走到我们旁边一停下，就马上背对着大门，旁若无人地撒起尿来。"这使他"心中燃起了十倍于水户浪士的'攘夷'之火"。他预言道："而且西湖的恶俗化，更有一种愈演愈烈之势。再过十年之后，极有可能会出现这样的场景：林立在湖岸的每一座洋楼里都有美国佬烂醉如泥，每一座洋楼的门前都有一个美国佬在站着小便。"（《江南游记》，1922）——只是他完全没有预料到，十余年之后会这么做的，除了美国佬还有鬼子兵。

正是在这样的氛围中，辜鸿铭让他引为同调："英语自然毋庸说，听说还懂德语、法语。虽是如此，与年轻一代的中国人不同，先生没有拜倒在西洋文明的脚下。"（《北京日记抄》，1925）

二

在小说《偶人》（1923）里，芥川表达了对于当时一味西化的年轻人的嘲讽："哥哥自诩为开化人士，是一个英语读本从不离手、喜欢政治的热血青年。一提到偶人，他就不无轻蔑地说道，偶人节什么的，不过是陈规陋习罢了，像偶人那种不实用的东西，就算是留下来也没什么意思。"——以洋书不离手表达痴迷于西化，类似现象永井荷风也写到过，比如《地狱之花》（1902）里的园子，"觉得穿上酱紫色的裙裤，捧上一两本洋书走路是那么高雅"，"每天抱着斯惠顿的英国文学书以及莎士比亚剧本之类漂亮、沉重的书籍往返于筑地"，她的朋友笹村，则"穿得有点陈旧了的西服口袋里露出某种外国杂志模样的刊物"，可见得这种做法是当时的时尚。夏目漱石的《恺裴尔先生》（1911）里也提到，洋装书本身带给人以时髦的印象："按说洋装书比起中国、日本的线装书来，它那挺括考究的书脊，通常让人觉着无论学问还是艺术都会显得气派许多。"——不过时至今日，无论中日，这一印象应该已经颠倒过来了吧。

但芥川作品里的读洋书，又往往是具有象征性的，不能一概而论。如《玄鹤山房》（1927）末尾葬礼上出现的埋头阅读李卜克内西《回忆录》英译本的大学生，暗示了在没落家族的山房外面世界正孕育着一个新时代；《上海游记》

（1921）的末尾，芥川随手扔掉了一个名叫洛娥的上海妓女送给他的白兰花，之后点燃了一支香烟，读起了临行前小岛氏送给他的梅里·斯托普丝，则象征了从中国转向西方，简直就是一篇文学化了的"脱亚论"。

不过，芥川虽推崇西方文学，却并不妨碍他批评盲目崇洋、数典忘祖的文人学者。在《偏颇之见》（1924）之三《大久保湖州》中，芥川嘲笑了"他们甚至记住了有万里海涛相隔的法国、英国、俄国的一群小作家的名字，可是却记不得相当于他们前辈的天才之名"。在《侏儒的话》（1923—1926）之《教授》中，芥川嘲笑了"他们之中有人虽懂得英法的文艺，却声称不懂得生育了他们的祖国的文艺"的教授们。在《八宝饭》（1923）中，又明确主张不必抬高洋人："我等并不抬高今人，也极少抬高古人。同样是今人，人们往往抬高大洋彼岸的文人。其实他们与我们无大差别。或者说许多洋人足可使之侍于我等几旁，倾听我等之讲解。我作如是说，似豪言壮语。但说到底，冷眼看洋人，亦出自卫生上的几分必要。"在《明日的道德》（1924）中又说："我们今天从时间上、空间上、阶级上都已经不相信古人心目中的忠臣、孝子和烈女……但我们却好像相信西方的艺术家都比日本的艺术家高明。这难道不是空间上的批判精神尚未觉醒吗？……今天如果不说些什么带洋味的话，就会被人说成落后于形势。"这样的芥川，不愧为伦敦顿悟后的漱石的高足。

三

但芥川的批判也是把双刃剑，一边刺向崇洋媚外的新患，一边刺向顽固守旧的宿疾。在《手绢》（1916）里，他嘲讽了新渡户稻造，写了《武士道》一书，想用武士道精神来对抗西洋思想，结果还是徒劳。"先生深信，日本文明在最近的五十年里，在物质方面有了相当显著的进步。然而，在精神上，却几乎谈不上有多么大的进步。不，在某种意义上倒不如说是倒退了。那么作为现代思想家的紧急任务，在探求拯救这种倒退的出路时，到底采取什么办法好呢？先生论断说，只有依靠日本固有的武士道。绝不应该把武士道看成是褊狭的岛国国民的道德，相反，其中甚至还有和欧美各国基督教的精神相一致的东西。根据这个武士道，如果得以了解现代日本思潮的趋势，这绝不只是对日本精神文明的贡献，进而还有助于欧美各国国民和日本国民的相互了解，或者说由此还可以促进国际间的和平——从这个观点出发，先生近些天一直在想，由他自己来充当东西方之间的桥梁。"不得不说，芥川具有无比的前瞻性。三十年后，由武士道支撑的侵略战争彻底失败，日本沦为美国的变相殖民地至今。武士道既通不了欧美各国的基督教精神，也无助于日本与欧美各国国民的相互了解，更救不了误入歧途的岛国国民的褊狭道德。

（《芥川龙之介全集》，高慧勤、魏大海主编；《中国游记》，秦刚译；《疑惑：芥川龙之介编年别裁集》，吴树文译；《罗生门：芥川龙之介中短篇小说选》，楼适夷、吕元明、文洁若译。永井荷风《地狱之花》，谭晶华译。夏目漱石《恺裴尔先生》，李振声译。）

洛蒂与克洛岱尔

一

在拙文《芥川龙之介与洛蒂：分裂的中国与日本形象》（收入拙著《东洋的幻象》）里，我曾仔细分析了洛蒂的《菊子夫人》（1887）和芥川龙之介据其《日本的秋天》（1889）中的《江户舞会》再创作的《舞会》（1919），提出了一个疑问："那么，写《舞会》时的芥川龙之介，真的读到过洛蒂的《菊子夫人》吗？如果读到过的话，他怎么还能把《舞会》写得那么'意淫'呢？"近日又读了芥川的随笔《续野人生计事》（1922—1924）里为纪念洛蒂去世（1923年6月10日）而作的《皮埃尔·洛蒂之死》，我的疑惑就更加深了。

在该文里，芥川毫无保留地赞扬了洛蒂的《菊子夫人》是部好书，对于该书中对日本和菊子夫人的嘲讽似乎仍毫无感觉："听说洛蒂逝世了。众所周知，洛蒂是《菊子夫人》和《日本的秋天》的作者。除了小泉八云，洛蒂就是与富士山、茶花、穿和服的女人因缘最深的西方人了。失去了这样的洛蒂，我们日本人不能无动于衷……对写过关于美丽日本小说的、法国前海军军官儒理安·维奥的去世，我们日本人深致哀悼。洛蒂书里的日本，也许没有小泉八云描写的那样真实，但书的确是一部好书，此乃不容置疑的事实。我们的姐妹——菊子夫人、梅子夫人等，曾经翘盼着洛蒂的小说，而后漫步于巴黎的石板路上。对此，我们要向洛蒂献上日本人的谢意。"

然而，刻薄的洛蒂笔下的日本一点都不美丽，《菊子夫人》对日本人来说绝非一部好书。遭到洛蒂抹黑的菊子夫人恨不得胖揍他一顿，与其说翘盼着他的小说不如说更想要烧了它，对漫步于巴黎的石板路上她们更是毫无概念。洛蒂与小泉八云对日本的态度有着天壤之别，失去了这样的洛蒂日本人应该感到庆幸才是……"要向洛蒂献上日本人的谢意"的芥川这是怎么了？他的锐目和毒舌都到哪里去了？或者说，他到底有没有认真读过《菊子夫人》？

还记得大约三十年前造访四国的松山时，我看到车站旁有一处纪念夏目漱石的场所，放置了一节像迷你玩具似的小火车车厢，旁边竖着一块牌子，说明这是"哥儿"当年乘坐过的那种火车，还写着《哥儿》（1906）里嘲讽松山火车之小的一句话："我很快找到了车站，买好了车票，上车一看，车厢像火柴盒一般。晃荡了五分钟光景，又该下车了。怪不得车票这么便宜，只花了三分钱。"我当时就很纳闷：《哥儿》里的这段明明说的是松山的丑话，可当地人怎么就不以为耻反以为荣了呢？但看着绘有漱石头像的一千日元纸币我明白过来：哪怕是名人说的坏话也胜过凡人说的好话吧。

于是又想起十年前造访法国的兰斯时，当地正举办"普鲁斯特与兰斯"特展。我跟游客中心的员工套近乎说，《追忆似水年华》里写到过兰斯的——我本来想说的是普氏为了正面表现一战战场，把原本位于巴黎西边的贡布雷搬到了东边的兰斯，然后让希尔贝特吹嘘如何巧妙对付德国人，德法几十万大军隔着维福纳河对峙（维福纳河其实只是一条很小的小河）——然而该员工的反应却出乎我意料，她很自豪地连连点头说是啊是啊，普氏说过我们兰斯的饼干很难吃……

唉，这复杂的人心啊！——我耳边不由得响起了马尔克斯的喟叹。

不过即便如此，我还是高度怀疑芥川根本就没有读过《菊子夫人》，而是始终停留在耳食阶段，他的《皮埃尔·洛蒂之死》也只是受邀应景写就的急就章。

顺便说一下，对洛蒂的《菊子夫人》抱有好感的，日本作家里还有一个永井荷风。"日本女人在外人可见的地方冲澡这件事，曾使得《菊子夫人》一书的作者惊喜异常。"（《银座》，1911）——好像这是什么了不起的美事似的。"从一开始就知道这种可称之为半真半假的恋爱游戏分手后没有重逢希望的别离之情，硬写下去的话就会陷入失真夸张的境地，然而太轻描淡写呢，又有不近人情之憾。洛蒂的名作《菊子夫人》

的最后一段，出色地写出了这种情调，具有催人泪下的力量。不过，要是我企图为这篇《濹东绮谭》也涂抹上小说色彩，那么也许会招来读者的嗤笑——这完全是瞎学洛蒂的写法！"（《濹东绮谭》，1937）"《菊子夫人》的最后一段"对日本妇女侮辱性极强，但芥川和荷风好像都甘之如饴且潸然泪下了。

二

可以作为旁证的是，一样是西洋人写的关于日本的作品，只要是芥川亲眼看过的，他就会说出一针见血的批评意见来。

比如还是在《续野人生计事》中，在《女人与影子》篇里，同为西洋人的法国驻日大使保罗·克洛岱尔——雕塑家卡米耶·克洛岱尔的弟弟，其创作的剧作《女人与影子》，便被芥川批得体无完肤。

"身穿印有家徽的和服的西洋人，看上去显得滑稽，或者说显得滑稽过甚，以致西洋男人的男性风采很少引人注目。克洛岱尔大使的剧作《女人与影子》令观众付之一笑，描写的正是西洋男人身穿印有家徽的和服。按理说，男人的风采与印有家徽的和服或燕尾服无关，应当独立地品评美丑。在这一点上，有关《女人与影子》的评价似乎出乎意料地淡漠。如此忽视男人的风采，对法国大使来说也是说不过去的……

"诚然，《女人与影子》既非纯日本的亦非纯西方的作品，奇妙地显得不伦不类。但是那不伦不类之处，并非因作者才气不足，而是由于对日本或我们日本人的艺术尚未了解，并非'画虎不成反类猫'，而是辨不清猫与虎，作者把二者画成一样了。想来，画虎不像虎的克洛岱尔，就如同做不了小说家的批评家一样，在道理上讲亦并非妙趣横生。然而倘若变成一种非猫非虎的怪兽，正是得这种怪兽之利，古来的江湖艺人发了大财……

"克洛岱尔大使的作品遭到意识褊狭的日本人排斥，这是克洛岱尔大使的遗憾。据传闻，克洛岱尔大使就日本人对最近西方艺术的鉴赏能力问题，似乎感到疑惑。这或许正表明，他也不接受我们日本人关于《女人与影子》的批评。但无论古今，西方人对我们日本艺术的鉴赏能力又如何呢？日前某夜，克洛岱尔大使观赏樱间金太郎于细川侯家舞台上演出的谣曲《隅田川》，边看边打哈欠。对这时的克洛岱尔大使，我不由得报之以同情的微笑。由此看来，大使也是硬充行家，与我等半斤八两。

"法兰西大使克洛岱尔阁下，惠阅此文，务请不要见怪。"

这样无情地嘲讽着对日本文化不懂装懂的克洛岱尔大使的芥川，才是我们所熟悉的那个有着锐目和毒舌的芥川吧。

其实，芥川对日本与西方在文化上能否真正互相理解一直是抱有怀疑的，在《杂笔》（1920）之《松尾芭蕉》中他说："或许由于审美特点的缘故，日本人难晓西方诗歌真髓，充其量有点泛泛的同感而已；而芭蕉诗歌的卓荦之处，任你如何解释，西方人能否理解，仍旧是个大胆的疑问。"无知而傲慢的克洛岱尔大使于此却似乎未达一间，也就难怪会招致芥川的无情嘲讽了。

而芥川本人呢，倘能仔细地读读《菊子夫人》和《江户舞会》就更好了。

（《芥川龙之介全集》，高慧勤、魏大海主编。夏目漱石《哥儿》，陈德文译。永井荷风《晴日木屐》，陈德文译；《濹东绮谭》，谭晶华译。）

谷崎的汉学

一

明治末年登上文坛的谷崎润一郎，其小学教育是在明治时期完成的，我们看到当时除西式教育外，汉文教育仍有着强大的市场。

首先，"寺子屋"之类汉学私塾还广泛存在，成为接受初等教育孩子的课外学堂。"我从坂本小学毕业前一两年，曾经临时在上学途中附近一家私塾学习汉文和英语入门知识……我觉得首先要学好汉学，当时下町一带随处都有老汉学家所开设的私塾……而我所进入的秋香塾，却好似以往的小型'寺子屋'……我每天早晨上小学前，先来这里听讲半个小时。"（《幼少时代·秋香塾与暑期讲习会》，1956）"我上小学高等科二三年级时，放学后还要到汉学塾走读，学习《十八史略》。"（《雪后庵夜话·〈义经千本樱〉的回忆》，1967）

汉学私塾里所用的汉文教材，包括了日本汉文和中国经典。中国经典必读的是经部的"四书"、史部的《十八史略》、集部的《文章轨范》等。"初级生一开始学的都是《日本外史》《日本政治》等带有日语行文习惯的容易理解的汉文。而我早已跟稻叶先生不仅学过《洗心洞札记》，还学过大槻磐溪的《近古代谈》，以及零零星星讲授的各类和汉诗集。因此，我在秋香塾自《大学》至《中庸》《论语》《孟子》，循序而进，读完了《十八史略》《文章轨范》等。"（《幼少时代·秋香塾与暑期讲习会》）"我少年时代用作汉文教科书的读物是'四书五经'、《史记》以及《文章轨范》等，总之都同恋爱相距甚远。过去，这些东西似乎被看成是真正的文学、正统的文学。"（《恋爱及色情》，收入《倚松庵随笔》，1932）

谷崎提到，当时还留存有汉字崇拜观念，喜欢用经典上的难字起名字。"过去，人的名字都想使用难认的汉字，所以学问只到读报程度的我的父亲，也和大多数人一样，不认识这个'阎'字。这没有什么奇怪。即使在今天，恐怕还有不少人读不上来。""我"则因为受过汉文教育，所以读得上来，还了解其意思。"我后来上（小学）高等科，同时上了通往学校路边的一家汉学塾，当时读《论语》中的《乡党第十》有'与上大夫言，訚訚如也'，读《先进第十一》有'闵子骞侍侧，訚訚如也'的文字，引我注目。我的'润一郎'的'润'字，那时也有很多人不会读，或许多半是来自《大学》中'富润屋，德润身'吧。"（《幼少时代·野川先生》）

当时不仅男孩子接受汉文教育，连女孩子也接受汉文教育。"明治初年，那时町人家的女子，无疑都读过'四书'和《文章轨范》等典籍。"（《雪后庵夜话·〈义经千本樱〉的回忆》）从秋香塾回来，谷崎经常问母亲难认的汉字，母亲都知道该怎么读。"我以为光是通读还不满足，时时求教文章的含义。先生和姑娘都不大能轻易回答我的问题。我在家中就《十八史略》中难读的文字问母亲，母亲总是尽可能地告诉我。细思之，那个时代的大凡条件较好的家庭，就像今日学习英语一样，就连女孩子也要施行汉文教育。我的母亲在做姑娘的时代，也同样具有那样的教养。"（《幼少时代·秋香塾与暑期讲习会》）"我在孩提时代也去上过汉学的私塾，母亲教我阅读《十八史略》。我至今仍然认为，在近来的中学等地方，与其教授那些枯燥的东洋史，还不如让学生阅读这部充满了有趣的教训和逸事的汉籍，也许这样会有益得多。"（《中国趣味》，1922）

芥川龙之介的《谷崎的文章》（1918）说："在日本古典文学造诣颇深的基础上，他还受到汉文学的巨大影响。其汉文并非通常所见的生硬汉文，而是小说、稗史、杂剧中端丽柔和的词句。"了解了其汉学学习史，可知这也是必然的吧。

二

明治时期就连小学教师的汉文素养也是很高的,谷崎的小学高等科班主任稻叶清吉就是这样。"他喜欢看的书籍有:中国古代圣贤的著作、佛教等哲学禅学为起始,自平安朝至德川时代和歌与软文学书籍,其范围非常广泛。他带来的都是适合揣在怀里的薄薄的日式线装书籍……先生的思想倾向于王阳明派的儒学、禅学,再加上普拉顿、叔本华等唯心哲学的影响……我记得,先生藏有十卷本的《王阳明全书》,时常带来一卷在学校里阅读。他曾经从王阳明诗集中摘出一首写在黑板上,并加以说明……如今看来,虽然当时汉文的素养普遍较高,但我以为先生的水平超过一般小学教师。"(《幼少时代·稻叶清吉先生》)谷崎自述,这位稻叶先生,影响了他的一生:"我几乎没有一位在艺术和学问上承其亲炙的恩师先辈。幼少年时代,我在日本桥坂本小学上学时,记得有位稻叶清吉先生,我受到他不少影响。称得上给我终生最大感化的真正导师,只有他一人。"(《雪后庵夜话》之二)"我从他身上学到的东西,其后多年,皆以种种形式,在我各种各样作品之中,都留下了痕迹(因为稻叶先生本身就是一位特别优秀的教师)。与此相比,我从中学以后的先生那里受到的教育,没有留下什么明显的感化。"(《关于我的〈幼少时代〉》,1955)

除了稻叶先生，小学普通科班主任野川先生，则给同学们讲述《楚汉军谈》中的鸿门宴，以及项羽被困于垓下，闻四面楚歌，遂与虞美人诀别的故事。（《幼少时代·稻叶清吉先生》）

三

正因为从小受过扎实的汉文教育，所以谷崎能够认识汉字的重要性，不会像当时的许多"汉字抹杀论"者那样。"我们从明治以来，在输入西洋的学问、思想和文物时，翻译各种技术用语、学术用语之际，能不感到困难，完全是因为有这宝贵的汉字可以运用……所谓新词，大部分是由两个或三四个汉字的结合所形成的'和制汉语'。"（《文章读本》，1934）——当今天许多国人说起近代以来从日语输入的大量"新名词"丰富了现代汉语的时候，往往强调这是日语对现代汉语的贡献，却常常忘了这其实是日语中的"和制汉语"（汉字词汇），而不是纯粹的日语固有词汇的贡献。这是日本人对于汉字强大的组词能力的活用，而这也是整个东亚汉文化圈里的普遍现象：基于汉字强大的组词能力，除了中国人以外，朝鲜人、日本人、越南人都对汉字词汇的增长和更新作出了贡献；而它们是否传播及如何传播，则受制于其时各地区力量关系的强弱对比。可以作为参照的是，离开了东亚汉文化圈，现代日语里所谓的"和制英语"（"Do you have my car"之类），就完全影响不了英语。所以令人感慨的是，对于近代以来从日语传入现代汉语的"新名词"的性质，我们许多专家学者的认识都还不及谷崎这个非专家学者的日本文人。

（谷崎润一郎《幼少时代》《雪后庵夜话》《恋爱及色情》，陈德文译；《中国趣味》，徐静波译；《文章读本》，赖明珠译。《芥川龙之介全集》，高慧勤、魏大海主编。）

白居易的"粉丝"

一

夏目漱石的《草枕》（1906）里写道："每次入浴时，所想的只是白乐天的'温泉水滑洗凝脂'的诗句。一听到'温泉'这个词儿，就立刻想起这句诗，心情十分愉快。我认为，如果温泉不能使人产生此种心情，便没有作为温泉的价值。我对温泉只是抱着这样的向往，除此之外别无他求。"大约只要是读过《长恨歌》的日本人，面对温泉时都会产生类似的联想吧。

同样是关于"温泉水滑洗凝脂"之句，在谷崎润一郎的笔下，却成了一个有点恶搞的段子。他指为"自叙传"的《异端者的悲哀》（1917），主人公章三郎以作者本人为原型，其中提到他近来蹲踞厕坑之上时，每次都会想起中国的白乐天来。

这天他又蹲踞厕坑之上，不知不觉就思索起中国的白乐天的事来。

"等一下，记得好像昨天也在厕所里想过白乐天的事。"

他突然有所醒悟。"对了，昨天的确是想过。不仅是昨天，前天的这个时候在厕所里也想到了白乐天。为什么自己一入厕所便想到白乐天？不知道这里的厕所和白乐天有什么关系。"他一步步上溯联想的长河，探究原因，不大工夫便找出了二者间的关系：正好厕所地上曾有一块两三天前的报纸碎片，其中有关箱根温泉的报道自然地呈现在章三郎眼前——所谓原因，恐怕就是它了。他无心地读过了温泉的报道，这中间他的魂魄不知不觉便游荡在旧游之地箱根翠岚，回想起设在凉爽的溪谷小河边上的旅馆浴室。清冽、澄澈的河水涌满浴池，当他将身子浸到池底，恰如五体俱散一般。当他追怀这种肌肤的触感时，往昔的记忆底层便唤醒了吟咏入浴快感的唐诗名句"温泉水滑洗凝脂"——《长恨歌》中的一句。这样，从《长恨歌》到白乐天的必然联想便出现在他的头脑里。大概从前天早上起那小块报纸便丢弃在那里，所以到今天为止，他也不知多少次把目光落在那报道上，重复着相同的想象，到最后便牵扯到白乐天身上了。

不言而喻，章三郎或谷崎本人熟悉《长恨歌》，也可能的确有过类似的经历，一看到报纸上关于温泉的报道，就下意识地联想到了白居易；此外，也有可能谷崎受过漱石《草枕》上述描写的影响。不过，这个"温泉水滑洗凝脂"的联想，不是设置在洗浴时，而是设置在蹲坑时，却让人有点无语了。

可能当时谷崎还年轻，还有点恶搞心态？

在谷崎的《盲目物语》（1932）里，围城中的人们唱起了谣曲《杨贵妃》，其中的歌词都来自《长恨歌》："梨花一枝春带雨，春带雨。太液芙蓉未央柳，六宫粉黛无颜色，无颜色……"说《长恨歌》为日本人所爱白诗第一也不为过吧。

二

如果说《长恨歌》要数第一，那么《琵琶行》得数第二了。《琵琶行》在日本是如此地流行，许多日本作家都曾有所涉及；而其中引用最多之句，又数"枫叶荻花秋瑟瑟"。

在漱石的《我是猫》（1905—1906）里，越智东风组织了一个朗读会，开始打算先朗读一些古人的作品，苦沙弥首先想到的就是《琵琶行》："所谓古人的作品，是指白乐天的《琵琶行》之类的作品吗？"然后才是与谢芜村的《春风马堤曲》之类。

芥川龙之介的《长江游记》（1924）里写道："这时，从停泊在浔阳江面的船上，传来三弦弹奏的声音，确实让人觉得一种风流雅趣。但第二天早晨起来一看，浔阳江无论怎样虚张声势，也不过是一条污浊不堪的发红的河沟，哪里也看不到'枫叶荻花秋瑟瑟'的景致。"表达了对《琵琶行》与现实强烈反差的失望。

在谷崎的《刈芦》（1932）里，"我"出门散步，来到河边，有关洞庭湖的杜诗、《琵琶行》的诗句、《赤壁赋》的一节等久未忆及的悦耳的汉诗文，自然而然地带着朗朗清音脱口而出。"我"凭着酒兴高声吟诵"浔阳江头夜送客，枫叶荻花秋瑟瑟"。吟诵之际忽而想到，这片繁茂的芦荻有过多少与白乐天的《琵琶行》相仿佛的情景。

永井荷风的《濹东绮谭》（1937）最后说，倘若要再给这部作品加上一个老式小说的结尾，那么可以添上这么一节：在半年或一年以后，男女主角在路上邂逅，互相看到了对方，想交谈几句却谈不成。"要是把错过交谈的场面设在枫叶、荻花被秋风刮得瑟瑟作响的刀祢河的渡船上，那就更妙了。"显然也是化用了《琵琶行》里"枫叶荻花秋瑟瑟"之句。

三

在谷崎的《少将滋干之母》（1950）里，太宰府大纳言爱读《白氏文集》，经常乘兴背诵白居易的诗句："劝我酒，我不辞。请君歌，歌莫迟……洛阳女儿面似花，河南大尹头如雪"（《劝我酒》），"玲珑玲珑奈老何"（《醉歌示伎人商玲珑》）。被权势者夺走了年轻的爱妻以后，白居易诗也成了老翁最大的安慰，他努力教儿子滋干背诵白居易诗。然而教着教着，就忘记了是在教孩子，完全沉浸在自己的感情里，提高了声调，抑扬顿挫地吟诵起来：

> 失为庭前雪，飞因海上风。九霄应得侣，三夜不归笼。
> 声断碧云外，影沉明月中。郡斋从此后，谁伴白头翁。

滋干长大以后，发现此诗是《白氏文集》里一首题为《失鹤》的五言律诗，但当时他还不明白诗的含义，只知道父亲每次喝醉酒都会吟这首诗，听得他耳朵都起茧子了。后来回想起来，父亲是把弃他而去的母亲比作鹤，将自己的郁闷之情寄托于此诗了。听着父亲吟诗时悲痛的声调，连他这个孩子都感受到了父亲痛断肝肠的悲伤情感。父亲声音嘶哑，不能高声吟咏，加之不时气喘，不能拖长调子，因此吟诗的技巧十分拙劣。然而当父亲吟咏"九霄应得侣""声断碧云外，影沉明月中""谁伴白头翁"等诗句时，却充满了超绝技巧的凄怆韵味，听者无不为之感动。

父亲见滋干将这首诗背下来后，又对他说："背下这首之后，再教你一首更长的。"于是又教了他一首题为《夜雨》的白居易诗：

> 我有所念人，隔在远远乡。我有所感事，结在深深肠。乡远去不得，无日不瞻望。肠深解不得，无夕不思量。况此残灯夜，独宿在空堂。秋天殊未晓，风雨正苍苍。

不学头陀法，前心安可忘。

此诗最后一联"不学头陀法，前心安可忘"，是滋干父亲时常挂在嘴上的。不久以后父亲开始倾心于佛道，恐怕也是受了此诗的影响吧。此外还有一些与此类似的诗句，如"夜深方独卧，谁为拂尘床"（《秋夕》）、"形羸自觉朝餐减，睡少偏知夜漏长""二毛晓落梳头懒，两眼春昏点药频"（《自叹二首》）、"须倾酒入肠""醉倒亦何妨"（《洛城东花下作》）等，滋干也零星记着。父亲有时悄然伫立于庭院角落里小声吟诵，有时避开他人自斟自饮时感极而泣，放声吟唱，这时的父亲两颊上总是双泪长流。

可以认为，这些滋干父亲喜欢吟诵的白诗，也是谷崎所喜欢的吧。

四

日本文人如此熟悉并热爱白居易诗，不由不让人感慨。但让人嘘唏的是，中译者的古诗词知识却似乎有限。比如，《少将滋干之母》中译者在"《白氏文集》"下加注说："中国古代流传到日本的一部诗集，又名《元白诗笔》，即诗人元稹和白居易的诗集。"如此地指鹿为马，真是让人无语了。又如在"洛阳女儿面似花，河南大尹头如雪"两句下加注说，与下句"玲珑玲珑奈老何"皆出自白居易的《醉歌》，这也是张冠李戴了，实则前两句仍出自《劝我酒》，只有下句才出自《醉歌》。两条脚注两个乌龙，还是不熟悉所致吧。

此外，"郡斋从此后，谁伴白头翁"，"此"原引作"今"，"形羸自觉朝餐减，睡少偏知夜漏长"，"餐"原引作"食"，皆平仄不叶；"二毛晓落梳头懒，两眼春昏点药频"，"晓落"原引作"落晓"，与"春昏"失对；"须倾酒入肠""醉倒亦何妨"，原误合于一处，应分开为两句……诸如此类，不一而足，不知是谷崎原来就引错，还是中译本抄错或者排错，现均据《白氏文集》原文改正。

（夏目漱石《草枕》，陈德文译；《我是猫》，刘振瀛译。谷崎润一郎《异端者的悲哀》《刈芦》，林青华译；《盲目物语》，赖明珠译；《少将滋干之母》，竺家荣译。芥川龙之介《中国游记》，秦刚译。永井荷风《濹东绮谭》，谭晶华译。）

《源氏物语》谷崎今译本

一

在拙文《倚松庵与〈细雪〉》（收入拙著《东洋的幻象》）中，提到了谷崎润一郎今译《源氏物语》有关藤壶的情节被删之事。关于此事，谷崎在《雪后庵夜话》（1967）之二中是这么说的：

> 那是昭和十四年（1939）一月至昭和十六年（1941）七月间，我首次在中央公论社出版现代语版的时候——不是后来新译的《源氏物语》，而是战前翻译的二十六卷本的旧译，此译本中藤壶事件以后关系到皇室尊严的部分全部删除——这种处理方式，受到当时东北大学冈崎义惠君猛烈的谴责。记得他攻击的重点是针对关于削除皇室部分的译文。他认为那样做阉割了原作最重要的内容，完全失去了翻译的价值。他的攻击不仅针对我，还指向校阅者山田孝雄博士。文章好像发表在《读卖新闻》

（？）上。山田博士是怎么想的呢？他是否以为我早晚会做出回答，一切都交给我了，还是有其他什么想法？关于这一点，他一句话也未说过，完全采取沉默的态度。另一方面，我有我的考虑。不管山田博士有何想法，主意已定，我也同样不打算回答。即使博士指派我"本人不想理会，还是由你代我回答吧"，我也只能加以拒绝。之所以这样，正如冈崎氏所说，那种现代语译本或许阉割了《源氏物语》最重要的地方，但不能因此就断定没有翻译的价值。翻译过来的部分中，重要的地方有的是，比起删削部分，到底还是未删削部分多得多。因而，即便是一部分，翻译出来总比没有翻译出来在理解源氏上更有帮助吧。但是，一旦说出来，恐怕就会引来一场没完没了的口水仗。转念一想，这种战争般的黑暗时代不会永远持续下去，不久的将来，必然迎来一个具有完整现代语版的《源氏物语》的时代。到了那个时候，再请冈崎氏重新阅读。在那之前，喋喋不休，唠唠嚷嚷，皆为徒劳。想到这里，我和山田博士一样，采取沉默的态度。

　　此外，我厌恶报界煽风点火。媒体方面有没有什么企图我不知道，不过可以想象得到，报界和社会都巴望以冈崎氏的文章为导火线，展开一场精彩纷呈的论战。"瞧，打起来啦！"他们将拍手叫好，为之雀跃。这是他们的本性，我才不上当呢。数年之后，因某件事（到底是什么事忘记了，反正和那篇文章没有关系），我接到冈崎氏极为热情的来信。展读后使我更加明白，他并非对我抱有什么恶意，当时只是对自己那篇评论深信不疑、有感而发罢了。因而我觉得，幸好当时没怎么理会，还是等待时光自然解决为好。否则一旦较起劲来，我也会生气、骂人，其结果无端地惹怒对方。

与 2006 年 5 月 31 日《朝日新闻》的报道将删节责任全都归于山田孝雄不同，谷崎在晚年回忆录《雪后庵夜话》中把删节责任都由自己兜揽了下来。由此可见即使是山田孝雄实际作了删节，也一定是事先征得了谷崎同意的——当然有可能谷崎也是不得不同意吧。同时谷崎也解释了自己没有答复谴责和自我申辩的原因，看上去是委曲求全、忍辱负重且不乏机会主义色彩的，但归根结底还是由于环境的压力而不得不做出的让步，也暗示了当时的环境并不允许他具体解释删节的原因。至于"转念一想，这种战争般的黑暗时代不会永远持续下去，不久的将来，必然迎来一个具有完整现代语版的《源氏物语》的时代"，到底是当时就这么乐观，还是回忆时的"事后诸葛亮"，也就不用去多管它了。

其实，由谷崎来从事《源氏物语》的今译工作，据说是1933 年末由中央公论社社长岛中雄作提出来的。谷崎的今译工作需要一位校阅者，出版社根据当时的严峻局势认为，与其请一位研究《源氏物语》的专家，不如请一位拥护天皇绝对统治的人比较合适。于是决定请已从东北大学退休的日语学者山田孝雄来担任此事（在此八年前，日本文部省出台《假名用法改定案》，山田孝雄曾以日语权威学者身份予以痛批，芥川龙之介发文《关于文部省的〈假名用法改定案〉》附议），1935 年 5 月 26 日，谷崎与中央公论社负责此书的责编雨宫庸藏专程赴仙台落实此事（《谷崎润一郎情书集》，2015）。由是可知，山田孝雄要求全部删削藤壶事件以后关系到皇室尊严的部分，谷崎及出版社方面一定是早有心理准备并达成谅解的，因为这是在当时的严酷环境中能让谷崎今译本问世的唯一办法。这也是谷崎在受到冈崎义惠谴责时不作回答且始终不把责任推给山田孝雄的原因之所在吧。

战后，1950 年 5 月至 1954 年 12 月，谷崎的《源氏物语》新译本（全十二卷）果然如约而至，其中再也不必删削与藤壶事件有关的情节了。冈崎义惠此时应该明白了谷崎当年不得已的苦衷，自然也就不会再对他曾经的删节和沉默心存芥蒂了吧。

另外我们还注意到，哪怕是在战争期间军部高压控制的严酷环境中，仍有冈崎义惠那样的学者敢于站出来对删节说不，不得不佩服真正学者良知未泯的勇气和胆量。

1945 年 8 月 6 日拂晓，在美军的空袭中，谷崎家在鱼崎的房子，有一颗燃烧弹在会客室处落下，三分钟之内，整幢

房子被烧成一片灰烬，由山田孝雄校阅的《源氏物语》谷崎今译本的校样似乎也同归于尽了。（《谷崎润一郎情书集》）

二

芥川的《戏作三昧》（1917）写到马琴的作品被检察官要求改写之事，有段对话很有意思。马琴举出检察官检查图书时故意刁难的例子：在他的一篇小说中，写到一个官僚受贿的事，于是就通不过，命令他改写。

"检察官这种家伙，他越是刁难人，越露出自己的尾巴来，您说可笑不可笑。因为他自己是要受贿的，所以就不爱别人写官僚受贿的事。又如他们自己心眼龌龊，凡是遇到写男女的爱情，不管三七二十一，就一律说作诲淫。他们自以为道德比作家高，到处找作家的茬儿。好比'猢狲照镜子，越照越生气'，他看镜子里自己一副丑嘴脸挺不舒服嘛。"

"是啊，可过了五十、一百年，那检察官不知到哪里去了，而您的《八犬传》还是要流传下去的。"

"不管《八犬传》流传不流传，可是检察官这个东西，到什么时候还是要有的。"

"是么，我可不这样想呀。"

"不，检察官也许没有了，可是像检察官那样的人，在这个世界上是不会绝种的。您以为焚书坑儒单是古代的事吗，

174

我可不是这样看呢。"

"您老近来老讲悲观的话。"

"不，不是我悲观，是这个到处是检察官的世界叫我悲观呀！"

芥川写的既是马琴时候的事，也是他自己那时候的事，更是后来谷崎时候的事吧。

——同一年，芥川依据井原西鹤《好色一代男》写的《世之助的故事》（1917），本应编入第三部短篇集《傀儡师》中的，却因触犯了当局的禁忌，到头来只能删减之后，编入了第四部短篇集《影子灯笼》；四年后他写的讽刺乃木希典的《将军》（1921），被检察官删除了总计一百多字，直到今天还用许多"××"标记着。他在《肉骨茶·诲淫之书》（1920）中讽刺检察官道："我听说，早期舶来日本的上述'诲淫之书'，现已有了日语的'改编本'；我又听说，近年来这种'改编本'有的已经秘密出版了。如果有人想要读完这些日文版艳情小说，请他去敲当代的'照妖镜'——出版物检察官的家门，毕恭毕敬地借阅他家收藏的'禁书'。"他又在《肉骨茶·语言》中跟检察官开玩笑说："试想，若借用《金瓶梅》和《肉蒲团》中类似'品箫''后庭花''倒浇烛'等语汇作一篇小说，可以彻底破译、能看穿其中隐含淫秽猥亵之真意的出版物检察官，会有多少人？"——还记得某报副刊上某女写手的文章，说她平日最爱的文娱活动就是"品箫"，不禁佩服芥川的想象力委实是惊人。

"小说家中除了森鸥外先生，像谷崎润一郎这样精通日本古典的人恐怕再无一人。"这是芥川在《谷崎润一郎论》（1919）中说的。"褒赞《源氏物语》的人，我曾遇过许多，但真正读过《源氏物语》的人（是否理解或得其妙趣暂置不论），在与我交往的小说家当中仅有两人——谷崎润一郎与明石敏夫。"这是芥川在《文艺的，过于文艺的》（1927）之三十八《古典文学》中说的。但即使这样的谷崎，其《源氏物语》今译本也要被迫删节，这也是军国主义横行时代日本的悲哀了。

（谷崎润一郎《雪后庵夜话》，文洁若译；千叶俊二《谷崎润一郎情书集》，徐静波、艾菁译。《罗生门：芥川龙之介中短篇小说选》，楼适夷、吕元明、文洁若译；《芥川龙之介全集》，高慧勤、魏大海主编。）

三姐妹与《细雪》

一

《细雪》（1946—1948）中的故事发生在 1936 年 11 月至 1941 年 4 月的四年半间，那期间谷崎润一郎与松子结婚后迁居倚松庵，松子的两个妹妹重子和信子也跟过来同住，他则从事《源氏物语》今译及出版，他将那段时期的生活虚实交织地描绘了出来。"正如读者所知，《细雪》三姐妹（幸子、雪子、妙子）的模特儿就是《雪后庵夜话》中的 M 子（松子）、S 子（重子）和 N 子（信子）。"谷崎在《雪后庵夜话·〈义经千本樱〉的回忆》（1967）中曾明确说过。

松子的前夫根津清太郎说过："这三姐妹长得很像，我见过大阪各色各样的女子，都没有比得上这姐妹仨的。看了她们三个，再也不愿见到其他女性了。"谷崎对此大表赞同："对于他这番心境，我也是大有同感。"并进一步介绍了三姐妹的性格：

三姐妹中，最为辛苦而最有活动能力的当数最小的N子。此女子即使独立门户，亦不会有冻馁之虞。M子最为雍容华贵而富才气，但或因生长于永田家或根津家展翅雄飞的时代，缺乏一种"顽强不屈的耐力"。"不敢大声唱，独爱低声泣。如此文弱者，原来是吾妻。"我曾写过这样一首和歌。她在生病的时候，经常像小孩子一样大放悲声，丝毫不想掩饰那副哭相。由于我看惯了不屈不挠、强忍眼泪的江户女子，对她这种表现十分不解；但同时也是她的魅力所在，此种柔弱终于不动声色地捆缚住了一个江户哥儿。这两位似乎是标准的大阪女子，但S子在某些方面却继承了京都女性——母亲的品行。在"坚韧不拔"这一点上，S子抑或超过任何一个人。她感情内向，非中意之人绝不相见，藏于深闺，不爱抛头露面。即使生病，也是不动声色，拥衾而眠。她将顽强的根性隐于心底，表面上看起来文弱靓丽，柔情似海，惟其刚毅的性格决不轻易外现。这一切与京都女子颇为贴合。（《雪后庵夜话》之一）

　　这段关于三姐妹性格的介绍很是详细，有助于读者对于《细雪》中三姐妹形象的把握，故不嫌麻烦抄写在这里了。

　　"三姐妹中，只有S子（重子）一人，不论在谁看来，那脸型，那身段，都无可挑剔，亭亭玉立，妩媚动人。她早该嫁个好人家，可一旦卷入这种诸多矛盾的家庭关系中，婚期也给耽搁了……假如不处在那种家庭旋涡之中，肯定能找到好婆家，了解 S 子的人都暗地里同情她，认为她是个可怜的姑娘。"（《雪后庵夜话》之一）《细雪》的主干情节之一，就是雪子的相亲，从二十出头到三十多岁，十余年里一直在相亲（小说里写了最后的五次）。一次次相亲失败，最后一次终于成功了，读者都为雪子高兴，终于找到了如意郎君，还是旧贵族的庶子——太宰治的《维庸之妻》（1947）中曾挖苦道："现如今，什么贵族已不复存在，二战结束前，为说服女人，唯有拿出贵族弃儿的招牌。奇怪的是，女人像是颇为在意。没法子，用现在流行的话来说奴隶根性吧。"好像就是针对雪子这样的人说的——看来雪子也是未能免俗吧。

然而在现实生活中，雪子原型重子所嫁的渡边明（《细雪》中御牧实的原型），结婚仅仅八年后就去世了；而且在这短短的八年中，有好几年还是两地分居的，实际住在一起仅几年光景。小说中，媒人介绍御牧实说："体格健壮，似乎胖了一点。他常夸称从来没有生过病，任何劳累都挺得住，身体确实很健康。"对照现实版，看来也是信口胡说，甚至简直就是讽刺。而大姐鹤子对幸子说："我现在的心情是只要有人愿意娶雪子妹妹，无论是谁都欢迎。即使结了婚而离异，也宁可让她结一次婚。"放在现实里，果然是求仁得仁，一语成谶。后来重子一年中的大部分时间，还是与二姐松子生活在一起，从而继续出现在谷崎的生活中。市川昆导演的影片《细雪》（1983）的末尾，男主角贞之助酒后吐露了对雪子的情愫，有人认为是导演对原作的画蛇添足，但联系重子后来的生活和命运来看，导演也许知道《细雪》以后的故事也未可知。

"雪子无论什么时候出嫁，箱子里已经装满了嫁衣，可是对于妙子却从来没有给她置备过什么高贵的嫁衣。""4月25日晚上，妙子为了和贞之助夫妇以及雪子告别，并收拾一些应用什物，偷偷地来到芦屋。走到楼上她以前住的那个六铺席的屋子一看，里面辉煌灿烂全是雪子的嫁妆，壁龛里大阪亲友以及其他方面送来的礼物堆积如山。妙子虽则比雪子先成家，可是谁都不知道这件事。"（《细雪》）每次读到这里，总是会为妙子感到心酸。不过讽刺的是，看上去受到命运眷顾的雪子与受到命运冷遇的妙子，这时候怎么也不会料到她俩的命运以后会颠倒过来吧。

芥川龙之介写过一篇讽刺小说《一封旧信》（1924），写信女子抱怨因为没有受过职业教育，所以不得不把婚姻作为谋生手段，嫁给自己根本不想嫁的"俗物"，为此大骂日本小说家没本事，竟没有一个人肯为她们说话，在小说里提供解决问题之道：

"我考虑了很久之后，觉得我之所以找不到结婚对象，全因为日本小说家太无能了……日本的小说家中却没有一个人为苦恼于找不到结婚对象的女性写点儿什么，也不告诉我们应该怎样解决找不到结婚对象这样的困难……他们一个不剩全是瞎子。其实这些人还算是好的，至于芥川龙之介，简直是个大笨蛋……"

——顺便插一句，放到今天，即使女性都有了经济能力，不必以婚姻作为谋生手段，但所有的作家还是该骂吧？

有意思的是，写信女子骂了一长串日本作家，却恰恰没有提到谷崎之名。谷崎也对得起写信女子的网开一面，依据现实生活中"最为辛苦而最有活动能力……即使独立门户，亦不会有冻馁之虞"的信子，在《细雪》里塑造了妙子这样一个角色，靠自己的本事谋生并获得婚姻自主，成为那个时代开风气之先的新女性，在某种意义上，也算是回应了写信女子提出的问题，提供了解决女性婚姻困境的可能方案。

二

江户哥儿谷崎受到三姐妹吸引的，是她们身上体现出来的"异域情调"："我对三姐妹的感情深处，亦有着东京人对大阪人所抱有的异域情怀……在东京人看来，京都、大阪的女性们，比我们多几分人间的距离之感。这一点，正是我为她们所吸引的缘由所在。"（《雪后庵夜话·〈义经千本樱〉

的回忆》）而这种"异域情调"则刺激了他的写作："当时的我，感到沉浸于新家庭的气氛之中，对于我自己比什么都重要，我从中寻到了无上的幸福……新家庭的刺激，使我的文学创作热情俄然旺盛起来。从我宣称同M子结婚之前（避人耳目的幽会期）起始，不，早自以前我被允许出入于根津家，同作为根津夫人的她交际开始，我之所以渐渐写些东西，无疑是在她的影响下进行的。"（《雪后庵夜话》之一）谷崎自己所举的成果是《盲目物语》（1932）、《刈芦》（1932）、《春琴抄》（1933）、《武州公秘话》（1935）等，但那些都是他与松子结婚前的作品，新家庭的气氛与刺激的最重要成果，其实仍是《细雪》这部谷崎的第一杰作。

但是这种新家庭的气氛与刺激，具体落实到谷崎的写作上，却是间接而非直接发生作用的。"美人在旁，对于作家来说，比什么都刺激，老人、壮年都一样。但像我这般爱羞愧的人，身边守着一位佳丽，反而会因为过度兴奋什么事都干不成。因此，美人从眼前离去，尚存几分余韵，使兴奋状态适当减弱之时，才是创作欲望最活跃之时。"（《雪后庵夜话》之三）——卡夫卡当年担心的和想做的，不正是这个吗？为此，在这个充满着关西"异域情调"的温馨的新家庭中，谷崎又构建起了一个只属于他自己的孤立世界，也就是他的创作世界："我在我的家庭之中，打算另建一个唯有我自己一人的世界，同M子她们隔离和孤立起来。在他人眼里，我的家庭看起来多么华丽，但实际上，我建立了一方 M 子三姐妹无法探知的孤立的世界。她们认可了这一世界，但不想进入这个圈子之内。我虽然过着婚后的生活，但实行的却是不同于永井（荷风）先生的孤立主义和独身主义。"（《雪后庵夜话》之一）"我在自家之中，有一个不为妻与妻之亲族所窥知的孤独的世界，只要愿意，随时都能逃匿其中，深居不出……我不打算须臾离开这个孤独的世界一步。"（《雪后庵夜话》之二）——想当年卡夫卡因为害怕婚姻生活会毁了自己一个人的创作世界而一再逃婚时，大概做梦也不会想到几十年后有个日本作家可以做到家庭生活与一人世界两不误吧？

除了与卡夫卡类似的写作习惯，谷崎苦心建构自己的孤立世界，应该还有其写作题材上的考虑。首先是他在倚松庵开始动笔写的《细雪》，主要就是写三姐妹在倚松庵的日常生活的，如果让她们了解了故事情节和写作进度，那就可能会七嘴八舌干扰到其写作；其次还是他后期那些大胆探索老年人"变态"情欲的小说，比如《钥匙》（1958）、《疯癫老人日记》（1961）之类，在创作阶段既不适合也不方便有人，尤其是女眷，从旁插嘴议论。大概也正因如此，他说："关于我的艺术上的工作，从来不会同 M 子她们商谈。她们很少进入书斋，也并不想进来。偶尔进来一次，我就感到不安，露出不悦的神色。大凡世上小说家的老婆，总希望丈夫告诉自己'眼下在写些什么'，并主动征求自己的意见，而我绝对不干这种事。M子对于我在书斋里做些什么，这次又在写什么小说全然不知，更不想知道……性格腼腆的我，不喜欢别人将我的作品置于面前，指指点点，妄加评判。我有个脾气，要是碰到那种场合，总是逃之夭夭，一走了之。我把此种癖好带进家中来了。"（《雪后庵夜话》之一）的确，她们不知道他在写些什么，对他和作品来说也许更好。卡夫卡如果知道还存在这样一条出路，也许就不必一而再再而三地逃婚了吧。

三

"磊吉写的小说被军部盯上，写出来也没有人敢刊登，为了打发时间，只好听听广播，放放唱片，或者出去找吃的。"（《厨房太平记》，1962）

被军部盯上的这部小说，指的应该就是《细雪》了，谷崎当时的艰难处境，也就在这几句话里了。《细雪》上卷在《中央公论》1943年1月号、3月号上连载两期后，就迫于军部的压力而中止了。

"我的《细雪》第一回刊登于《中央公论》杂志（1943）新年号，各方都在酝酿给予批判。军部方面等关于'不识时务'的非难，接二连三送达中央公论社和我的手里。鉴于那个非常时期，我于昭和十八年（1943）一月或二月间，

离开热海去涩谷神南町熟人家中住了两三天。"（《雪后庵夜话》之二）

看来，来自军部的压力是相当大的，使他甚至必须离家外出避难。文艺界同仁中，广津和郎也在报纸上发难，对《细雪》展开了批判，措辞相当激烈。那时候倚松庵即将关张，谷崎一家已开始在关西、关东两头住了。他所承受的压力，三姐妹也许知道？1944年7月，谷崎自费出版了《细雪》上卷，同样刺激了军部，据说兵库县的刑警曾去过他家，幸好因他正在热海而没有碰到。同年12月22日完成了中卷，但连自费出版也不可能了，只完成了做到一半的校样（《谷崎润一郎情书集》，2015）。好在此时离日本战败已为时不远了。

有个阿根廷导演曾对马尔克斯说，《百年孤独》是本很美的书，但很不幸，它也是本反动的书："在这个时刻，尤其是在拉丁美洲，我们有这么多问题，都是些非常可怕的问题，这让我觉得写出一部很美的小说这一行为本身就是反动的。"（《两种孤独》，2023）我不禁猜想，当年面对《细雪》的日本军部，大概也是这么考虑问题的吧，所以才禁止它的连载及出版。

然而，无论是那个阿根廷导演，还是当年的日本军部，他们都大谬而不然了。文学理应超越而不是屈从于时代，在这种超越中自会有杰作出现，这方面的例子不胜枚举：一战中法国的《追忆似水年华》、二战中日本的《细雪》、军人独裁下南美的《百年孤独》……

四

在《细雪》三卷出齐的约三十年前，芥川在《大正八年度的文学界》（1919）之三《唯美主义诸作家》中，敏锐地观察到了谷崎创作的新动向，并对其前景做出了大胆的期许："作为唯美主义作家尽情享受鬼才之誉的谷崎润一郎氏，本年度尤其在下半年似乎要尝试着从他一以贯之的恶魔主义倾向中向外跨出一步，且这一步面对的方向好像就在于更完整和更人性，进一步形容的话就在于阳光和空气更加流通的天地间……正因为这个原因，润一郎氏的将来有很多地方值得予以关注。因为，他如果能够闯过目前自己所面临的难关，我们就可以拥有我们自己的巴尔扎克。"不得不说，在谷崎后来的所有作品中，《细雪》应该是最符合芥川的这个期许的，谷崎也因此可以说是现代日本作家中最接近"我们自己的巴尔扎克"的——也就难怪后来有一个传言，说是萨特曾夸《细雪》是"现代日本文学的最高杰作"（« le chef-d'œuvre suprême de la littérature japonaise moderne »），看萨特的意思应该也就是与芥川同样的意思吧。

（谷崎润一郎《雪后庵夜话》，文洁若译；《细雪》，储元熹译；

《厨房太平记》，高洁译。太宰治《维庸之妻》，魏大海译。《芥川龙之介全集》，高慧勤、魏大海主编。马尔克斯、略萨《两种孤独》，侯健译。）

（原载《书城》2025 年 3 月号）

被沙砾硌到

还记得小时候淘米，有一步程序必不可少，那就是拣沙砾，也就是把混在米中的沙砾拣出来，否则吃饭时会被沙砾硌到——那是一件很煞风景的事情，正如夏目漱石所说："犹如向刚出锅的松软米饭撒上一把花岗岩沙砾，把毫无戒备的人硌得冷汗直流、臼齿嘎吱作响，吃饭的人没有橡胶一样的弹性恐怕不行。"（《虞美人草》，1907）现在已经没有这种事了，有些米甚至都不用淘洗，回想起以前的这事，对比之下，幸福感会油然而生。

读书时，也常会被沙砾硌到，那也是很煞风景的。

一

比如此刻，我正兴味津津地读着谷崎润一郎的《厨房太平记》（1962），千仓家来自鹿儿岛的女佣们一个个活灵活现，跟着千仓家在京都和热海间来来去去。在热海，千仓家几经搬迁，最后搬到了伊豆山鸣泽半山腰上的房子里，男主人磊吉把自己的山庄命名为"湘碧山房"——在现实生活中，谷崎1954年4月搬入的伊豆山鸣泽的房子原称"雪后庵（后雪后庵）"，去世前最后一年转居于汤河原町吉浜的房子才叫"湘碧山房"，这里谷崎显然是把后者的名称用在了前者上了。接着我忽然被一粒沙砾猛地硌了一下："山庄面对着前往松井石根大将修建的兴亚观音堂参拜的石阶中段。"——"松井石根"，就是硌到了我的这粒沙砾。接下来作者一再提到兴亚观音堂，于是被硌到的感觉就反复地重现着。

为什么我会被这个名字硌到，我想凡是中国人都会明白的。而更让我被硌到的感觉加重的，则是作者提到这个名字时的云淡风轻（谷崎当时当然知道松井石根作为甲级战犯已被远东国际军事法庭处以绞刑），与中国人的沉重感觉形成了巨大的反差。

二

谷崎的《梦之浮桥》（1959）里提到，主人公家的宅邸五位庵，位于京都下鸭神社附近："五位庵的地点，位于纠之森东西向。走到左边能看见下鸭神社的社殿时，再沿林中小径略略前行，有一座跨小河的狭窄石桥，过了桥就来到五位庵门前……穿过两根粗杉原木的正门，进入五位庵，顺铺石的路径走进去，里面还有一道中门。路两侧植了稀疏的竹子，一对像是从朝鲜运来的李朝官人的石像相向放置。"在现实生活中，1949年4月，谷崎家搬到下鸭神社附近的"潺湲亭"（后潺湲亭），一直住到1956年末该房产被出售时，或许他就在那里或附近看到过那对"李朝官人的石像"的？这对石像是怎么"从朝鲜运来"的？为什么会"从朝鲜运来"京都呢？不免给人以遐想的空间。谷崎如有朝鲜半岛读者，对此当产生不快的联想。

三

谷崎的《文章读本》（1934）是我爱读的一本书，其中的许多观点都实获我心：语言的作用与局限，说话与文章的联系与区别，文章的唯一写法就是表达自己，文章的实用性和艺术性没有区别……作者也谈到了词汇问题，他觉得日语词汇贫乏，不如汉语、英语等丰富。接着他话锋一转，把日语词汇的贫乏与日本人的国民性联系在了一起，且以中日外交谈判为例，于是我忽然又被沙砾猛地硌了一下：

"所谓语言，和国民性的关系是密不可分的。日语的词汇贫乏，并不一定意味着我们的文化比西洋或中国差，相反，这证明我们的国民性是不饶舌的。我们虽然擅长战争，但每次遇到外交谈判时，却因为木讷寡言而吃亏。在国际联盟的会议上，日本外交官往往说不过中国外交官。我们的正当理由明明有十二分，但各国代表却被中国人的辩才所迷惑而同情他们。自古以来中国和西洋就有以雄辩闻名的伟人，日本历史上却看不到。相反，我们自古以来就有轻视善辩者的风气。实际上，一流的人物以沉默寡言者为多，善辩者则多为二流和三流以下。因此，我们不像中国人和西洋人那样依赖语言能力，不信任辩舌的效果。原因何在呢？首先因为我们是正直的吧。换句话说，我们只要对方看到我们实行的样子，明白的人自然会明白，只要无愧于天地神明，也不必一一费口舌去解释，或为自己夸大吹牛。这是我们的心态。"

关于这一点，川端康成的《新文章读本》（1950）也前呼后应："这也是少言寡语、谦和礼让的国民性之反映。在日本，自古以来，雄辩并非如同各个外国那样是人之伟大的条件。在历史上，我们找不到因雄辩而成名者，相反，那些雄辩者往往被贬称为'口舌之徒'。"

在他俩之前，永井荷风在《法兰西物语》（1909）中也提到过日本外交官的"拙于言辞"："日本外交官的通病就是不管心里多么争强好胜，一旦到了晚宴等公开场合，总会有一种自卑感，不知不觉地便躲到了南美、巴尔干各国的那些没用的家伙身后，使人家都不会意识到他们的在场。到了真正谈论外交问题时，更是如此。"（《云》）

那么，谷崎"在国际联盟的会议上"云云指的是什么呢？指 1919 年的巴黎和会？日本要求接管德国在山东的权益及资产，理由是自己出兵攻陷了青岛（按：1897 年青岛被德国强占），占领了胶济铁路，以及 1915 年跟袁世凯秘密签订了"二十一条"；中国代表则凭借国际法据理力争，逐条批驳了日本方面的无理要求，最后因为严重损害了中国利益，中国代表拒绝在《巴黎和约》上签字——原来，对于中国人来说丧权辱国的巴黎和会，在谷崎看来竟然还是外交上失败和吃了亏，原因只是因为国民性的木讷寡言和正直，明明有十二分的正当理由，日本外交官却说不过中国外交官，各国代表被中国人的辩才所迷惑而同情之——这跟中国人的认知反差也过于强烈了吧？

——关于日军攻陷青岛，漱石 1914 年 10 月 31 日的日记里记载："这天是在青岛发起总攻的日子。"同年 11 月 8 日的日记里记载："传来青岛陷落的消息……我于攻陷青岛的翌日，吃着这样的美食，很愉快，很香甜。"（《大正三年家庭日记》）1914 年 11 月 30 日芥川龙之介自田端致恒藤恭："下一个星期日有音乐会。一发生战争，音乐会肯定要演奏《攻陷青岛之歌》，真受不了。"——关于攻陷青岛，师弟立场迥异，消息耐人寻味。

——关于所谓"青岛问题"，1920 年佐藤春夫访问厦门，在其《南方纪行》（1922）之《厦门印象》中写道："在对日本人的反感十分强烈的今天的这个时候，这个地方……在这个地方日本人名誉不好、不受欢迎……昨天散步的路上，

在某个街边的墙上，大书有'青岛问题普天同愤''勿忘国耻'
等等。另外，也有关于排斥日货的，如'勿用仇货''禁用劣货'
等等。'这小子是日本人！'也碰到过一边这样说着，一边
来撞我的醉汉……"在《漳州》中也提到，同行的中国人让
他少说日语："余先生好像忍不住了，拉拉我的衣袖小声说：
'最好少说日语，这里的人很讨厌日本人。'看样子好像与
我这个遭人厌恶的日本人同行也给他们带来了很大麻烦。有
时我的问话不由自主地脱口而出，也只好硬生生地把后半句
又咽了回去。"（按：1922年中国始收回青岛）

　　——关于巴黎和会以后的山东，1921年芥川访问中国期
间，6月14日自北京致书养父芥川道章："山东几乎就是日本，
去济南如归日本。"

　　我想，谷崎《文章读本》里的这类沙砾，这种历史认知
上的巨大反差，正是横亘在中日之间的巨大屏障，恐怕多少
个世纪都难以逾越的吧。

　　不过，"我们擅长战争"倒是句大实话。

四

　　然而即便擅长战争，也总有战败的一天。1945年8月13
日，疏散到冈山的荷风去胜山乡下看望谷崎，在旅馆住了两晚，
15日坐上午11点20分的火车回冈山，谷崎把荷风送到了车

站。谷崎在日记中记载，那天播放了天皇接受《波茨坦公告》的讲话，但因为广播声音不清晰，所以没有听清楚。（《谷崎润一郎情书集》，2015）那天是中午 12 点播放天皇讲话的，谷崎应该是送走荷风后听到的。

那天听到播放天皇讲话的情形，谷崎后来有更富戏剧性的描述："战争末期，疏散到冈山县胜山乡下的老百姓们，通过不完整的无线电广播，收听结束战争的诏敕，将日本投降误听为是美国投降，一时欢呼雀跃起来。当我看到这番情景，心想：'这可是很好的戏剧素材啊。'十二年后，我本想写成一出独幕剧，但结果这种感兴未能持续下去，最后因生厌而放弃了。"（《雪后庵夜话》之二，1967）

裕仁天皇的投降诏书，简称"终战诏书"，是用相当于日本文言文的难懂的"汉文训读体"写成的，加上拟稿者故意采用暧昧隐晦的表达方式，以及由于录音复制技术所限导致的声音不清晰，一般没有文化的乡下老百姓的确是很难听懂的——有意思的是，其时正在侵华日军中服役的竹内好，也没听明白天皇诏书到底在讲什么："我想，天皇的广播讲话大概是投降，或者相反是诉诸彻底的抗战吧。而我自己的预想则更倾向于后者。这里，有我自己对日本法西斯主义的高估。"（《屈辱的事件》，1953）——竹内好可是毕业于东京大学的高材生哦。

然而我很好奇，在胜山乡下的这一幕中，谷崎看到的戏剧性究竟是什么呢？他后来又何以因生厌而放弃了呢？

虽无缘看到他的独幕剧，但被沙砾一再硌过之后，姑且把这当作一个意外的小彩蛋吧。

据说那天同样听到投降诏书的荷风的反应，是抑制不住内心的喜悦而欣然饮酒庆祝的。

（夏目漱石《虞美人草》，陈岩译；《漱石日记》，陈德文译。谷崎润一郎《厨房太平记》，高洁译；《梦之浮桥》，林青华译；《文章读本》，赖明珠译；《雪后庵夜话》，陈德文译；千叶俊二《谷崎润一郎情书集》，徐静波、艾菁译。《芥川龙之介全集》，高慧勤、魏大海主编。川端康成《新文章读本》，于荣胜译。永井荷风《法兰西物语》，陆菁、向轩译。佐藤春夫《南方纪行》，胡令远、叶海唐译。竹内好《近代的超克》，孙歌编。）

历史中的女人

"我国的历史，对于暗中发挥作用的女性的情况，一向不加以明确的记载。因我个人的职业，时常想写一部以过去的人物为题材的历史小说，但一直苦恼的是，这个人物周围女性的作用不很清楚。不用说，史上的英雄豪杰背后总有某种形式的恋爱事件，只有对这些方面毫无忌讳地加以描写，才富有人情味……事实上，日本自古的系谱图书，上自皇室，下至家族，男子的行动记载比较详密，而一到女子，仅仅写着'女子'或'女'，不写生卒年月和姓名，这是普遍现象。就是说，我们的历史上有着一个个男人，但没有一个个女人。正如系谱上标的，她们永远都是一个'女子'——或者'女'。"（《恋爱及色情》，收入《倚松庵随笔》，1932）"诚如读者诸君所知，日本的历史——尤其是武家政治确立的镰仓幕府以降，英雄豪杰的言行记载甚为细致，但对于其背后操纵大局的女性则几不着墨。"（《武州公秘话》，1935）

谷崎润一郎所指出的这种现象，也常见于中国的历史和文学。比如《三国演义》里的貂蝉、孙夫人等，都只是偶尔现身于历史事件中，待该历史事件一结束，她们也就不知所终了。

谷崎的《盲目物语》（1932），从一个盲人侍者"旁观者"的角度，以织田信长之妹阿市夫人的一生为主线，串起了日本战国、安土桃山时代的群雄逐鹿，可以说也是其主张的一种实践。

阿市夫人先是嫁给浅井长政，九年间生了二子三女。然后背信弃义的兄长灭了浅井长政，才二十多岁的阿市夫人成了未亡人，长子还被兄长下令丰臣秀吉处死。九年后织田信长死于本能寺之变，三十多岁的阿市夫人改嫁柴田胜家——当年在兄长麾下攻打丈夫的猛将之一，不久死于丰臣秀吉攻打柴田胜家之役——祸根仍在丰臣秀吉追求阿市夫人而不果。阿市夫人三个女儿：长女阿茶茶泯灭了父母兄弟之仇，竟成了丰臣秀吉宠幸的侧室淀夫人，生下了丰臣秀吉的继承人秀赖，最后像母亲一样在城楼上自杀身亡；次女阿初嫁给了京极高次；三女阿江（小督）嫁给了德川家康之子秀忠，生下了三代将军家光，与长姊处于敌对阵营，后来命运也判若两途……造化弄人，谷崎用阿市夫人母女动荡不幸的命运，串起了一个荣枯盛衰激烈变幻的时代。

阿市夫人动荡不幸的命运，非常像三国时代的孙夫人，也是夹在兄长与丈夫之间，成为外交纷争利用的工具；但比孙夫人更为悲惨的是，并无诸葛亮来保驾护航，所以兄长消灭了其丈夫。不过，与孙夫人后来的销声匿迹不同，阿市夫人则有盲人来听其心声：

就这样，那个时节的夫人，就像等待春天二度来临，即将盛开的花朵一般，然而从前的伤心事，悔恨的事，似乎还没能完全遗忘。为什么这么说呢？在下有一次独一无二的经历……那天刚开始她心情似乎出奇地好，想起小谷城的事，长政公的事，也对我说了许多其他各种往事，顺便提到那一年在佐和山的城里，信长公和长政公第一次见面时的故事……"那时候内大臣殿下（兄长）和德胜寺殿下（丈夫）看起来真的感情都很好，笑嘻嘻的，我也不知道有多么开心。"夫人把这些事情详详细细地娓娓道出。"试想起来，那十天左右的时间，是我最幸福的时候。在一生中所谓快乐的时光并不会太长久。"……然而这时夫人的声音却忽然颤抖起来，听起来颇为异样，在下也吃了一惊，怎么了呢？"一方怎么讲究情分，如果另一方完全不顾理义的话，也没有用。难道要取天下就非要做出像这样畜生都不如的事情才行吗？"夫人像在自言自语似的，然后就沉默下来，不动声色了……小谷城的事已经过了将近十年，现在夫人还没忘记，感情这么强烈，尤其对兄长信长公竟然憎恨到这个地步。在下第一次知道，原来一个丈夫被夺走的妻子、儿子被夺走的母亲的仇恨，竟如此之深。在下感到既惶恐又可怕，一时之间竟全身颤抖到停不下来。

"难道要取天下就非要做出像这样畜生都不如的事情才行吗？"阿市夫人这句撕心裂肺的质问，也是世界文学中所有女性的千古之问。在马尔克斯的《百年孤独》（1967）里，男人们掀起了一场又一场的战争，伏尸百万，流血千里，最后只有靠女人们来收拾残局，休养生息。马尔克斯说："有个哥伦比亚的评论家针对我的书写了篇十分详尽的分析文章，他说他注意到我书里的女性都代表安全感，拥有常识，维持着家庭运转，保证家人的理智，而男人则做着各种各样的冒险，去打仗、探索、建立村镇，最终总会招致戏剧性的失败。多亏有那些女性角色在家维持传统和基本价值，男人们才能够去打仗、建立村镇、大规模地垦殖美洲的土地。真的是这么一回事吗？读了那篇文章之后，我重新翻阅了之前写的书，我发现他说的没错。"（《两种孤独》，2023）谷崎的《盲目物语》似乎也写了相似的事情。

而采用盲人视角讲述历史中的女人，谷崎算是找到了一扇方便之门，让自己与古代小说家们拉开了距离：

> 是的，是的，您说什么？您问夫人的声音现在是不是还留在在下耳里呢？那还用问吗？各种场合，她所说

过的话的每个细节，还有她一面弹着琴一面唱歌的声音等等，在华丽之中带有美艳的温润，宛如黄莺出谷般高亢而有张力的音色，和鸽子般咕噜咕噜啼唱的内敛音色，二者合而为一般美妙的声音。阿茶茶公主的声音也跟她母亲一模一样，甚至到旁边的人经常会听错的地步。

在盲人对阿市夫人的热爱和仰慕中，其实也有着谷崎对松子的恋慕。1932年9月2日谷崎致松子信说："实际上，去年撰写《盲目物语》等的时候，我脑子里就一直想着您，并且把自己当作一个盲人按摩师。"谷崎还请松子为此书题签。此书卷头画用了画家北野恒富画的茶茶像，其模特儿据说就是松子（《谷崎润一郎情书集》，2015）。

再顺便说一句，《细雪》里的幸子一向以"老大阪"自豪，从小就喜欢丰臣秀吉和淀夫人——这应该也是大阪人的一般心态吧。所以或许可以说，谷崎写这部《盲目物语》，也是想以阿市母女的故事，来取悦"老大阪"松子。

（谷崎润一郎《恋爱及色情》，陈德文译；《武州公秘话》，张蓉蓓译；《盲目物语》，赖明珠译；千叶俊二《谷崎润一郎情书集》，徐静波、艾菁译。马尔克斯、略萨《两种孤独》，侯健。）

美女与腐尸

一

波德莱尔的《恶之花》（1857，1861，1868）里，有一首著名的《腐尸》诗（1843前）：

> 爱人，想想我们曾经见过的东西，
> 在凉夏的美丽的早晨：
> 在小路拐弯处，一具丑恶的腐尸
> 在铺石子的床上横陈，

然后是对这具腐尸的详细描写，各种丑陋而令人恶心的细节，整整八节。最后笔锋一转，将腐尸与其爱人联系到了一起：

> ——可是将来，你也要像这臭货一样，
> 像这令人恐怖的腐尸，

我的眼睛的明星，我的心性的太阳，
你，我的激情，我的天使！

真的，优美之女王，你也难以避免，
在领过临终圣事之后，
当你前去那野草繁花之下长眠，
在白骨之间归于腐朽。

这首诗以其露骨的描写、骇人的对比及突兀的转折而让人印象深刻，成为诗人所遭遇的文字官司中的一首禁诗，也成为其广受后世读者赞叹的代表作之一。

二

佛教中有所谓的修"不净观"。如果修"不净观"，就会悟出人的种种官能之乐都不过是一时的迷惑而已，对于曾经眷恋的人也不再眷恋了，美丽的东西、好吃的食物、好闻的香味等也不再感觉好看、好吃、好闻了，而是都变成了污秽不堪的东西。比如，某男子在野地里看见一具丑陋的女尸，女尸的样子便深深烙印在他脑子里，回家后与妻子相拥入睡时，摸着妻子的脸，觉得那额头、鼻子、嘴唇等无不与死人相像，于是醒悟到世事无常之理——这就是修"不净观"。"即便是愚钝之人，至冢边见腐烂尸体，也易大彻大悟。"佛教大师们这么开导说。

在谷崎润一郎的《少将滋干之母》（1950）里，八旬老翁被权势者夺去了年轻的爱妻，言行举止开始变得怪异荒唐起来，时常梦游般地跑到荒郊野外彻夜不归。一天晚上，他年幼的孩子跟踪他一路走到坟地，在明亮如白昼的月光下，看到了令人毛骨悚然的一幕：

那是一具已经腐烂的年轻女尸，内脏从腹部流了出来，上面爬满了蛆，周围弥漫着刺鼻的尸臭……老翁静静地走到尸体旁，先恭恭敬敬地拜了拜，然后坐在了旁边的席子上；接着，又像在佛堂里那样凝神打坐，不时半闭着眼睛冥想，不时看一眼那具尸体……

老翁每晚去坟地看女尸，其实也是在修"不净观"。他对爱妻的倩影难以忘怀，不堪忍受伤心断肠之痛，为打消这折磨人的幻影，才起了这个念头的。他常常选择月明之夜，趁家人熟睡之后，跑到荒野里的坟地去静坐冥想，天亮时再悄悄回来。

顺便说一下，《少将滋干之母》的素材取自《今昔物语集》（约1120）卷二十二"本朝"第八篇《时平大臣谋夺国经大纳言之妻》，但其中并无修"不净观"的内容，那么，这是谷崎在再创作时加入的了。

三

波德莱尔的《腐尸》揭示了爱情与人生的严酷结局，但最终导向的既不是无常也不是幻灭，而是更珍惜当下、更珍视爱情的觉悟。

在波德莱尔那里，女尸反衬爱情的永恒，爱情能够超越时间，超越生死；与此同时，女尸也是一种"要挟"，要挟爱人要珍惜现在，珍惜自己对她的爱情。总之，诗人以消极的女尸形象，反衬了爱情的积极姿态。《腐尸》一共十二节，可以说，如果只有前面十一节，那几乎与佛教的修"不净观"没啥两样，区别只在最后一节：

> 那时，我的美人，请你告诉它们，
>
> 那些吻你吃你的蛆子，
>
> 旧爱虽已分解，可是，我已保存
>
> 爱的姿势和爱的神髓！

而在佛教的修"不净观"中，一切却正好是倒过来的，是以女尸的形象，证明人生的虚无，爱情的虚妄，从而使人迷途知返，从执着中解脱出来。还未观透人死后"五相"时，可能会一味倾心恋慕他人，而一旦看破之后，所有欲望都将消失，刚才还觉得美的事物，突然之间变得不堪忍受。即使把众人眼中的美女带到他面前，在这修行之人的眼里，也不过是一个由腐肉和脓血装填的臭皮囊而已。也就是说，佛教通过揭示爱情与人生的严酷结局，让人摆脱对于当下和爱情的迷恋，把人生和爱情都看作是无常的幻象，由此而产生顿悟并得到解脱。

由此可见，东西方举例相同，发挥却天差地别——同样是大彻大悟，但其彻悟的内容，东西方是截然不同的。

四

然而修"不净观"的实际效果又如何呢？

"那么父亲已经想明白了吗？"

"没有。想明白很难哪。修成不净观，并不像说说那么容易的呀。"

在年幼的孩子看来，父亲大概是很难成功彻悟的，恐怕无论如何修行也是徒劳。老翁不久去世了，不知他临终时到底从色欲之界得到了解脱没有？不知他是把自己曾经那样眷恋的人想象成一堆不值一顾的腐肉而死去，还是像孩子猜想的那样，终究未能得到佛的拯救，再次被所爱之人的幻影缠绕，心中燃烧着炽热的爱情而咽气——恐怕还是后者吧。大概他最终也未能得到拯救，而是被心爱之人的美丽幻影打败，怀着永劫的迷惘而死去。而对于孩子来说，父亲没有亵渎母亲的美丽而死去，却是最值得高兴的事情。

波德莱尔的爱人呢，恐怕也是该干吗就干吗，不会把他的诗当回事的。

五

"坦白地说，我是一个对年轻女子特别是对年轻貌美的女子十分留意的人，其用心甚至超出一般的男人。走在路上，一看到美丽的容颜和华丽的衣服，我的心情就豁然开朗，恰似明亮的太阳穿云而出时的那般情景。有的时候还产生杂念，想成为那些美好东西的占有者。可是，立刻又想到那美丽的容颜和那华丽的衣服会怎样如梦幻般地变化呢？于是又从迷醉中醒来，感到人生短暂，不禁毛骨悚然。使我不痴迷于美女佳人的，只是因为有被这种东西所抛弃的寂寞凄凉这个障碍物而已。每当我产生这种情绪的时候，就觉得自己年纪轻轻的，岂不是突然变成老人或是和尚了吗？于是就陷入一种极度的不愉快之中。"（夏目漱石《春分之后》，1912）

——即使不修佛教的"不净观"，不知道波德莱尔的《腐尸》，只要是有慧根或悟性的人，不也同样可以产生与此类似的联想和觉悟吗？

但产生以后又怎么办呢？

（波德莱尔《恶之花》，钱春绮译。谷崎润一郎《少将滋干之母》，竺家荣译。《今昔物语集》，北京编译社译，张龙妹校注。夏目漱石《春分之后》，赵德远译。）

比较跟踪学

"把陌生人当作过路人分手后，又感到可惜……这种心情，我是常有的。那是多好的人啊，多美的女子啊。在这个世界上，再没有第二个人能使我这样倾心。同这样的人萍水相逢，许是在马路上擦肩而过，许是在剧场里比邻而坐，或许从音乐会场前并肩走下台阶，就这样分手，一生中是再不会见到第二次的。尽管如此，又不能把不相识的人叫住，跟她搭话。人生就是这样的吗？这种时候，我简直悲痛欲绝，有时则迷迷糊糊，神志不清。我想一直跟踪到这个世界的尽头，可是办不到啊。因为跟踪到这个世界的尽头，那就只有把她杀掉了。"

他虚岁十一岁时，父亲莫名其妙地死了，葬身在母亲老家的湖里，头部带有伤痕。母亲惴惴不安，想要回娘家去。这是他的初次受伤，因为他怕失去母亲。"他感到这个澡堂女的声音里，充满了纯洁的幸福和温暖的同情。也许是一种永恒的女性的声音，慈母般的声音吧。"母亲老家的湖，一湾结了冰的湖，不时会浮上他的心头。像湖那般澄澈，却是结了冰的，这就是他的心吧。

他的初恋之所以是大他两岁的表姐，也是因为他有一个隐秘的愿望，那就是不希望失去母亲。他少年的幸福，就是同表姐漫步在湖边小路上，双双将倒影映在湖面，一边凝望着湖一边行走，思慕着湖面两人的倒影永不分离，直到天涯海角，地老天荒。

然而幸福是短暂的，因为他年纪太小了。比他大两岁的表姐，到了十四五岁，作为异性，似乎要遗弃他。表姐疏远了他，公开地瞧不起他。那时候他起过这样的念头：但愿湖面的冰层裂开，表姐沉入湖底就好了。这大概是他的再次受伤。

少女的眼睛恍如一泓黑色的湖水，他多么想在这清亮纯净的眼中游泳，在那泓黑色湖水中赤身游泳啊。他感到自己尾随少女来到嫩草坪上随便躺下来，同此前自己在湖边躲在胡枝子花丛中相比，似乎没有多大的变化，一样的哀伤掠过他的心间。他闭上眼睛，想起了母亲的容颜。犯过一次罪，罪恶总跟在后头，让人重犯。恶习也是如此，尾随过一次女子，这毛病又让他一再跟踪女子。他享受着跟踪女子的美妙的战栗和恍惚。

他尾随那女子，是因为女子身上有一种吸引人的东西。可以说他们都是同一个魔界里的居民。他凭经验明白这点。想到被他跟踪的人可能和自己是同类，他就心荡神驰了。他想到，被跟踪者肯定害怕，但恐怕也会有剧痛般的喜悦吧。人，哪能只有主动者的快乐而没有被动者的喜悦呢？街上有许多美女，他却偏偏选中这个人跟踪，难道不就像麻药中毒者找到了同病相怜的人吗？跟踪者肯定是为被跟踪者的魅力所牵萦，被跟踪者把魅力倾注在了跟踪者身上，肯定也意识到了自身的魅力了吧，毋宁说暗暗自喜呢。

他初次跟踪的女子，是他教的高中生。她身上似乎荡漾着一股引诱他跟踪的魅力，她深藏在内心的情感不是接受了他的跟踪吗？"老师，请您还跟踪我吧。不让我发觉地跟踪我吧。还是在放学回家的时候好了。这回的学校路远了。"

在街上被他跟踪的女子，把手提包甩给了他，里面有二十万日元巨款。她是被有钱的老人包养的，那巨款是她偷藏的卖身钱。但失落了巨款，她并没有选择报警，因为她被他跟踪的时候，与其说惧怕跟踪自己的男子而逃跑，不如说是对突然的快乐感到震惊，才转过身去用手提包甩了他一下。在被男子跟踪的过程中，她浑身热血沸腾，蕴藏在体内的东西瞬间仿佛全部燃烧起来，埋藏在老人背后的青春一时间复活了，像是一种复仇的战栗。花了漫长岁月积蓄二十万日元的自卑感，在这一瞬间像是全部得到了补偿。因此，钱不是白白失去的，而是付出多大代价就获得多大补偿。那时心里只涌起被男子跟踪的感情波澜，当这波澜猛然撞击心扉的一刹那，手提包丢失了。她经常被男人跟踪，被男人跟踪的时候，她对自己美貌和魅力的自豪感又涌了上来。委身老人、虚度年华的她，从男人的跟踪里，确认了自己的青春还在，所以感到心情痛快。她不禁回忆起自己的少女形象来，那时由于战争，她失去了初恋情人。他呢，从战场上活着回来，但他的朋友阵亡了。他们都有战争的创伤。

那个包养年轻女子的老人呢，其实渴望的也是母性的温存，要枕着女子的胳膊，被女子抱着头，就像在母亲怀里那样睡觉。老人两岁时，生母就和父亲离异了，接着便来了继母。对老人来说，唯有母亲才能使他忘却这个世界的恐怖。

但是如果跟踪者找错了对象呢？他最后一次跟踪就很失败，少女对他全然视若无物；与此同时，他自己被一个女人跟踪，他非常讨厌那个女人，最后不得不落荒而逃……

川端康成的《湖》（1954），就这样絮絮叨叨地叙述着有关跟踪的事情。似乎从没有人像这样讲述过这种事情。在他的讲述中读者的心也开始流泪。

二十年后，科塔萨尔的《口袋里找到的手稿》（收入《八面体》，1974）也写了跟踪，但是写法却与《湖》完全不同。"我"制定了一套极其复杂的游戏规则，希望通过某种概率给自己带来幸福："不知道从什么时候开始，我有一种感觉，我决定，地铁车窗上的某一块玻璃会给我带来答案，让我找到幸福。""这就是我的游戏规则，先是一次在车窗玻璃里的微笑，接下来我有权追随一位女子，满怀希望，指望她的换乘路线和我出门前事先设定好的路线正好一致；接下来——

到现在为止始终如此——眼睁睁地看着她走向另一条过道，不能随她而去，而是强迫自己回到上面的世界，钻进一家咖啡馆，继续过自己周而复始的日子，直到我心中的渴求重新复苏，寻求下一次的机会，女子，车窗玻璃，被接受或是根本无人理会的微笑，换乘地铁，总有一天这一切都天衣无缝地吻合，那时我终将有权利走近她，开口对她说出第一句话。这句话沉淀了太久太久，并且在井底一群抽搐成一团的蜘蛛间千回百转，变得又黏又稠。"

按照自己的游戏规则，他失败了一次又一次。直到有一次，他破坏了游戏规则，跟踪一个姑娘出了地铁，大胆走到她的身边，对她说："既然我们曾经相遇，不能就这样分手了。"他们相约每周二在咖啡馆见面，然后两个人越来越熟悉和投缘。但游戏规则出来作梗了，他跟她说必须过这道坎："在她家大门口，我对她说并不是一切都完了，我们能不能合理合法地在一起，决定权在我们两个人手上。现在她既然知道了这场游戏的规则，这也许对我们更为有利，因为我们需要做的只有一件事，那就是你找到我，我找到你。"他们开始了新一轮的游戏……

说实话，我能理解川端康成笔下的跟踪，但不明白科塔萨尔笔下的跟踪："我"为何要制定那样的游戏规则，是闲得无聊还是迷信，是强迫症还是自虐？希望有高人指点迷津。

我曾经比较过川端康成与马尔克斯的"睡美人"，后来想再比较下川端康成与科塔萨尔的"跟踪学",但我失败了。我能理解川端康成的跟踪,但无法理解科塔萨尔的跟踪。

可以理解的只有他们的伤痕、他们的孤独——我们的伤痕、我们的孤独。

(川端康成《湖》,唐月梅译。科塔萨尔《八面体》,陶玉平译。)

太宰治《惜别》批判

一

　　1943 年 11 月 5 日至 6 日，由日本军部主导，有汪伪政府、伪满洲国等六方代表参加的"大东亚会议"，通过了一个《大东亚共同宣言》，提出了鬼话连篇的"五项原则"。内阁情报局和日本文学报国会（1942 年 5 月成立的御用文人团体，战败后解散）积极响应配合，要求作家用文学形式加以表现，并承诺提供优厚的经费和条件。1944 年 1 月 3 日，太宰治出席了文学报国会小说部在东京举办的"以五项原则为主题的小说创作申请者协议会"，此后即放下其他工作，绞尽脑汁考虑此项任务，约 3 月初提交了申请书《〈惜别〉之意图》，提出了"不卑视支那人，亦绝不进行浅薄之煽动，欲以所谓洁白、独立和睦之态度对年轻的周树人作正确、善意之描写"的写作宗旨。文学报国会一共收到了五十多份申请书，同年12 月上旬，向正式选定的十一个作家发出了委托书，小说方面共有六个作家应邀执笔，分派给太宰治的任务是用小说表现第二项原则，即所谓的"大东亚之和睦"。最后实际进入创作并完成出版的，则只有小说部门太宰治的《惜别》和话剧戏曲部门森本薰的《女人的一生》这两部作品。也许因为早已开始准备，所以太宰治写得很快，至1945年2月末就完稿了。此后，从3月10日东京大轰炸开始，他不得不到处躲空袭，直到8月15日日本战败投降。但在此期间，《惜别》的出版程序并未停止，它的问世已是日本战败后三周（9月5日由朝日新闻社出版，副标题是"医学生时期的鲁迅"）。这一出版日期，又正好处于占领军当局开始全面审查日本战时出版物之前，使此书幸运地躲过了作为配合和服务战争的读物被收缴和销毁的命运。

由此可见，太宰治的《惜别》是在日本侵略战争期间，应内阁情报局、文学报国会的请求与资助而写的，是为了配合日本侵略战争中的"文化侵略"的御用之作、帮凶之作（战争协力文学）。作者在《惜别》后记中自辩道："这本《惜别》确实是应内阁情报局和日本文学报国会的请求进行创作的小说。但是，即使没有来自这两方面的请求，总有一天我也会试着写一写，搜集材料和构思早就进行了……最后，无论如何我想说明的是，这个工作彻底地是由一个名叫太宰的日本作家自由书写的，情报局和报国会都不曾拘束我的写作，甚至没说过一句啰唆的话。而且，我写完把它交到机关后，他们只字未改地通过了。也许是

'朝野一心'吧,这不仅是我一个人的幸福。"他后来在《人间失格》(1948)里也说过:"对于别人硬塞给我的材料,我一向是写不成小说的。"但这是不折不扣的"此地无银三百两",只能说他很好地完成了御用的任务,达成了内阁情报局和文学报国会要求的目标,对得起军部当局提供的经费资助,"朝野一心"而已。正如川村凑所说:"无法否定的是,《惜别》的创作依然有'大东亚之和睦'这一给定的命题、主题的巨大投影。"(《〈惜别〉论——"大东亚之和睦"的幻影》,1991)在残酷的侵略战争的背景下,为粉饰残酷的侵略战争而作,这本身就应该钉在耻辱柱上。此外,即使《惜别》的问世已是日本战败以后,但它在战时就已经完稿,所有的审查程序都在战时走完了,所以不折不扣仍是一本战时出版物,它的目标和使命没有任何改变——唯一改变的可能只是原先设定的受众:它本来是要译成中文给中国读者读的,"所怀意图为让现代支那之年轻知识人阅读,使其产生'日本也有我们的理解者'之感怀,在日本与支那之和平方面发挥百发子弹以上之效果"(《〈惜别〉之意图》),日本的战败使其中译计划化为了泡影——首个中译本六十五年后始在中国出版,虽有个别中日学人竭力为之鼓吹,但似未激起任何水花。

另外,耐人寻味的是,太宰治为撰写《惜别》,曾于1944年12月20至25日特地赴仙台实地考察(当然是由军部当局出资），而其时藤野先生还活着，与增田涉、佐藤春夫等人也有联系，太宰治对此难道一无所知吗？1945年8月11日，距战争结束仅仅四天前，在出诊患者的家里，藤野先生突发脑溢血去世，享年七十二岁。《惜别》出版于此后不到一个月，藤野先生在天之灵会知道吗？知道了又会怎么看这本书呢？

二

为了完成上述为侵略战争服务的御用写作任务，太宰治在《惜别》中着重在两个方面用力：一是让周树人成为自己的代言人，让他说着自己想说的各种吹捧日本的话；二是抹杀《藤野先生》中对日本的负面印象，把它们全都曲解和篡改为正面印象。

在太宰治的精心设计下，对日本的吹捧从周树人在横滨一上岸就开始了，他的第一印象是所谓"日本独特的清洁感"，而它所象征的则是"神国的精神本质"：

　　我上了开往新桥的火车，抬眼窗外，直觉到世界任何地方都没有的日本独特的清洁感……后来，每当清晨在东京街头散步，看到家家户户的女人们头上戴着崭新的白毛巾、扎着袖口忙忙碌碌地用掸子掸纸拉门的样子，觉得那沐浴着朝阳，可爱、紧张的姿态才是日本的象征，甚至觉得突然间理解了神国的精神本质。借助于最初在横滨通往新桥的火车上瞥见的风景，我自然地理解了与其相似的刚健的清洁感，要言之，恰到好处。无论在哪儿，你都找不到倦怠的身影。我心中高喊着：来日本真好！由于兴奋，我坐都坐不住，尽管车上有许多空座，但从横滨到新桥的一个小时，我几乎一直是站着的。

关于"日本独特的清洁感"，可以说是太宰治对日本自我赞美的抓手，在《〈惜别〉之意图》中，他就打算让周树人这样思考："清洁感，这在支那完全看不到的日本的清洁感究竟来自何处？那美的根源难道不是隐藏在日本家庭的深处？——他开始这样思考。或者，他又注意到日本人似乎无一例外地拥有在他的国家不被接受的单纯的洁净信仰（称作理想也可以）。"然后再让周树人的思考一路上溯到《教育敕语》（1890）、《军人敕谕》（1882）等日本军国主义的教条，进而确认"神国的精神本质"——真是开门见山、直奔主题啊！

关于当时控制着学校教育的《教育敕语》，岛崎藤村的《破戒》（1906）里有这样的描写："在《君之代》的歌声中，校长毕恭毕敬地揭开了天皇的御影，接着朗读《敕语》。人们高呼'万岁！万岁！'声音像雷鸣一般响彻了会场。这天，校长把'忠孝'作为演讲的题目。"这是庆祝某年"天长节"（天皇生日）时某校的景象。谷崎润一郎回顾自己的学生时代，也说"当时的学生都被'忠君爱国'的思想禁锢了头脑"（《幼少时代·从幼年到少年》，1956）。

关于"神国"的说法，夏目漱石1909年7月26日的日记里，提到过这样一件事并作了辛辣的讽刺："在文科大学，倡议将神话纳入课程。总长浜尾新以神话的'神'字与国体有关系，提出抗议。明治四十二年（1909）东京大学总长头脑的水平如此程度，可知其作为如何。"（《〈后来的事〉日记》）在《我是猫》（1905—1906）里，漱石也用讽刺的口气提到了"神国日本"，主人公苦沙弥还写了一篇煞有介事的《大和魂》，讽刺所谓的"大和魂"："谁都挂在嘴上，可谁也没有见过。谁都听人说过，可谁也没有碰上过。大和魂，大和魂，其天狗之类欤？"漱石大概做梦也不会想到，哪怕过了三十多年，日本文人的头脑水平竟然更为不堪，为了配合军部的宣传，还在那里吹嘘什么"神国的精神本质"，还提到什么"'大和魂'的本质就是义气"。而到了日本战败以后，据川端康成的《舞姬》（1951）说，"神"马上又成了晦气、禁忌之词："战争期间，他曾写过一本题为'吉野朝的文学'的书……日本战败后，'神'这个词也曾使矢木遭受了痛苦，伴随而来的，就是自己的内疚。今天《吉野朝的文学》也成了一本哀伤战败的书，当然这是把皇室看作日本的美的传统，当作神来看待。"瞻前顾后，更可以看出"神国的精神本质"的战时特色和军国主义色彩。

从"日本独特的清洁感"到"神国的精神本质"，这些与其说都是周树人的想法，不如说都是太宰治本人的想法，或者说是他想要周树人有的想法。他太想要让周树人这么想了，以致顾不上其中的逻辑错误——既然这是周树人初次出国，与其他地方根本无从比较，则他何以能够知道这"清洁感"就是"世界任何地方都没有的日本独特的"呢？由此导出的推论，所谓"日本的象征"，所谓"神国的精神本质"，统统看作太宰治的自恋、意淫就好。

关于当时正在进行着的日俄战争，太宰治也借周树人之口，尽说些让日本人爱听的吹捧话：

> 今年（1904）2月，日本气势昂扬地向北方的强大国家俄罗斯宣战，日本青年勇赴战场，议会全票通过了庞大的战争经费预算，国民忍受着一切牺牲，听到每天号外的铃声就沸腾起来。我觉得，这场战争没有问题，日本人能胜。国内这样充满活力，不会失败。那是我自己的直觉。但与此同时，从这场战争爆发以来，自己被非常耻辱的心情侵袭。对于这场战争，各人的看法也许不尽相同，但我认为这场战争也是起因于支那的软弱无力。如果支那哪怕是仅仅具备统治自己国家的实力，这

次战争也就不会发生，看上去这简直像是为了保全支那的独立而请日本来作战，这样想来，对于支那来说这难道不确确实实是不体面的战争吗？日本青年在支那国土上勇敢作战，流着宝贵的鲜血，同胞们却隔岸观火似的漠然旁观，其心理我难以理解。

日俄战争在中国的领土上爆发，这当然是中国人的耻辱了，但耻辱的是国家主权的丧失，而绝非让日本来"保护"自己——日本发动日俄战争，是为了保全中国的独立吗？这简直是天大的笑话！对于此类谬论，鲁迅曾经在《"民族主义文学"的任务和运命》（1931）里痛批："拔都死了；在亚细亚的黄人中，现在可以拟为那时的蒙古的只有一个日本。日本的勇士们虽然也痛恨苏俄，但也不爱抚中华的勇士，大唱'日支亲善'虽然也和主张'友谊'一致，但事实又和口头不符……日本人'张大吃人的血口'，吞了东三省了。"太宰治在做鲁迅功课时，大概径直无视过去了吧（或者日译《大鲁迅全集》中竟未收入鲁迅此类文章，因为杂文部分是选译的）。

而且，进一步作诛心之论的话，这些借周树人之口说出的荒唐之言，其实也是项庄舞剑意在沛公，就是为了配合《大东亚共同宣言》，谎称日本发动"大东亚战争"的目的，乃是为了从英美帝国主义手中解放东亚（这是当时几乎所有日本文人都深信不疑的，甚至包括始终坚持独立思考的竹内好，竟然也写了《大东亚战争与吾等之决意》，鼓吹"要在文学中实现十二月八日"）。其实光是鲁迅上文中的那几句，就足以打脸《大东亚共同宣言》了。

三

当时的中国学生，因赴欧留学不易，故出于方便考虑，想通过留学日本，来吸收西洋文明，周树人也是这样。在小说的开头，周树人相信科学救国论，想成为中国的杉田玄白；而在西洋的科学之中，又特别想学西洋医学。但以日本在日俄战争中的胜利为契机，太宰治让周树人重新思考留日的意义——本来是要通过留日来学习西洋科学的，但现在忽然发现了日本"国体"的优越性，看到了日本拥有超越西洋科学的东西，所以转而对日本的明治维新发生了兴趣，开始放弃了科学救国、医学救国的想法：

> "日本具有国体实力。"周先生叹口气说道。
> 这好像是一个极平常的发现，可是，在这贫乏的手记中我却想倾注全力、大写特写。日俄战争中，日本大获全胜，在这件事情的刺激下，周先生得到的这个发现，给他的医学救国思想很深的打击。我认为这是他改变其

人生方向的最初原因。他开始说：明治维新并不是兰学者推动的。维新思想的源流还是国学，兰学只不过是开在路旁的珍奇的小花而已……就在国家面临崩溃危机的攸关之时，远祖思想的研究者们一起站了出来，指出了救国的大道：国体的自觉，天皇亲政……这正是日本强大的原因之所在。即使误入歧途，一旦国难临头时，就会像雏鸟汇集到父母的周围一样，舍弃一切，归奉天皇。这是日本国体的精华，是日本人神圣的本能。当这种精神表露的时候，无论是兰学还是其他任何东西，都会像遇到大暴风的树叶一样，很容易被吹得不知踪影。日本的国体实力是令人生畏的。

听了周先生的感慨，我内心非常激动，眼泪不知为什么掉了下来。我正了一下身子向周先生问道："那么，你是说日本具有超越西洋科学的东西了？"

1937 年，日本文部省颁发《国体之本义》，推行国民教化，强化对于天皇的绝对服从。太宰治不顾时间上的凿枘，让周树人吹捧日本的"国体"，这也正是他在《〈惜别〉之意图》中设定的写作意图之一："他（周树人）通过各种细致观察的结果，是不得不肯定日本人的生活中存在着与西洋文明完全不同的、独自的、凛然而又难以侵犯的品格。"——这当然都是他的胡编乱造，周树人根本不会这么说的。

太宰治还让周树人按照军部当局的宣传口径，说"西方人""美国人"对科学的态度是邪恶的："我已全部抹杀了科学救国论……日本的维新靠的不是科学的力量，这是千真万确的……并没有把物质的慰乐作为教化的手段，这正是明治维新成为奇迹的原因。用科学的手段来拯救自己的国民是非常危险的，那是西方人以侵略为目的、驯服别国民众的手段。""把科学用于娱乐是很危险的。说到底，美国人对科学的态度是不健康的，是邪恶的。快乐不该是使之进步的东西。"所谓"把科学用于娱乐"，具体指的是电影之类，这也是让本来就喜欢电影，后来在上海时经常看电影的周树人言不由衷地讲些战时日本人针对"英美鬼畜"会讲的话——当时的日本人还以为凭此就可以完成"近代的超克"，超越西洋文明呢。

值得注意的是，对周树人"弃医从文"思想转变的酝酿过程，太宰治也夹入了《藤野先生》等中没有的私货，那就是日本明治维新的启发这一步（详见本文第五节）。他借此把周树人"弃医从文"的动机，转移到了对日本"国体"的认同上，赞美日本的天皇制和"国体实力"，认为其具有超越西洋科学的优势。不言而喻，这些话都是太宰治自己想说的，只不过借周树人之口说出来而已。

四

太宰治认为，日本"国体实力"的思想基础是"忠义一元论"，他要借周树人之口大力宣扬之——还记得吧，《破戒》里的校长在"天长节"庆祝会上的演讲题目就是"忠孝"？

话说"我"房东家的小姑娘给在战地的伯父写了一封慰问信，让周树人帮忙修改一下。周树人一边夸赞"写得真好。哪儿都不能改"，一边感慨"在这短短的信中贯穿着一颗鲜明的忠义之心"，感叹"日本人思想的全部都集中在'忠'这个观念上"，表示了对于这种"忠义一元论"的服膺和倾倒："不仅是旁人，即便是我自己，如果现在领会了像日本的忠义一元论那样明确直接的哲学，那就得救了……日本的这个一元哲学，不张扬，永远把接受命令当作是理所当然的事，默默地执行，因此我对这个哲学十分放心。"不仅如此，他还"兴奋地打算着，等这学年结束，一放暑假，就去东京，告诉同胞的留日学生们他发现的神国之清洁感、直截的一元哲学并启发他们"。

但结果又如何呢？"在东京的留学生同胞说我是日本迷，甚至说我是汉民族的背叛者。更有人到处传言，说看到我和日本女人一起散步。为什么我会这样不讨大家喜欢呢？是因为我说了支那的坏话、表扬了日本的忠义哲学吗？"试问，除了太宰治一厢情愿地想当然，周树人何曾有过这样的遭遇呢？不过由此却可以知道，太宰治自己心里也明白，如果周树人果然像他编造的那样，对同胞说些关于日本忠义哲学的鬼话，自然就会受到同胞那样的对待。总之，关于所谓的"忠义一元论"，从小姑娘的战地慰问信，到周树人的感慨和兴奋，到周树人的遭受同胞排斥，全都是太宰治的胡编乱造。

类似"日本人是忠义的"之类鬼话，大概也是当时日本人自慰的套话。比如早在长与善郎的《亡姊》（1912）里，谈到甲午战争时就是这个口气："这是明治二十七年（1894）夏天的事情，正是日清战争开始不久的时候，我刚才六岁……海滨院里有西洋的报纸到来，里边似乎载着虚报：什么日本的海军被支那舰队击得粉碎，定远镇远这些大军舰什么时候出现在镰仓海口加以炮击都说不定；我听了这种风说很害怕，也正是这时候的事情。阿姊总是说，'不要紧，日本人是忠义的，暂时败下，末后总会得胜的。……那样的支那人手里，会输给他的么？……'这样说着，安慰我和美姑——比我大两岁的阿姊，——伊自己的心里大约也是惊惶着的。"由此可见，从甲午战争、日俄战争到侵华战争、太平洋战争，这些井底之蛙般的日本御用文人用"日本人是忠义的"来自欺欺人一以贯之。

总之，《惜别》中的周树人，一直说着太宰治想要他说的话，说着内阁情报局和文学报国会想听的话，远非只是藤井省三所说的"笑容满面、人情味儿十足、富于个性"（《惜别》

中译本序《青春文学名著中的鲁迅》，2005）的形象，也根本不可能"成为一种优秀的'初期鲁迅论'"（《太宰治的〈惜别〉与竹内好的〈鲁迅〉》，2002），而是正如川村凑一针见血指出的："可以认为，作者太宰治一边隐藏在老医师'我'的背后，但有时候其身影也潜存于以鲁迅为叙述者进行'周先生'的长篇告白的'自己''我'等第一人称之中……太宰治通过叙述者'我'、通过鲁迅叙述出来的，不外乎太宰治自身的自卑感、对于文学的希望之类……不妨认为，太宰治大约是想从外部来看'日本'式的东西，得出的结论便是这样。当然，这与鲁迅的日本观没有任何联系，不过是太宰治'私'的、个人性的感怀。太宰在这里不仅'误读'了鲁迅，而且误读了'日本'自身。被'清洁感'这种情绪化的词语所描述的日本显然仅仅是极其表层次的东西。在《惜别》这部作品中，首先应当质疑的是其中存在的太宰的'日本观'本身……《惜别》中的鲁迅终究不外乎太宰治的'自我'，这正与'大东亚'最终不过是'日本'自身的同义语这一历史事实相对应。"（《〈惜别〉论——"大东亚之和睦"的幻影》）

五

作为周树人"弃医（从文）"的刺激因素（而非根本原因），

《〈呐喊〉自序》及《藤野先生》等都提到了"幻灯事件"，都表现了日俄战争中日军的残暴（那正是二战中日军"登峰造极"的罪行），军国主义对于日本年轻人的毒害（那些刺耳欢呼"万岁"的日本学生们）。与此同时，前者更侧重于批判国人的国民性，且提到了后来的"从文"；后者更侧重于表达自身的屈辱感，但未提到后来的"从文"。而尤其因为后者，对于太宰治来说，"幻灯事件"如骨鲠在喉，必欲除之而后快。

在《惜别》里，太宰治用周树人爱好文艺而非"幻灯事件"来解释其"弃医从文"的根本原因："第二年的春天，的确发生了所谓的'幻灯事件'。但我认为那并不是周先生的转折点，那件事只是他注意到体内血液变化的契机。他绝不是由于看了那个幻灯片才马上立志于搞文艺的。一言以蔽之，那是因为他很久之前就喜欢搞文艺。这是俗人的极其庸俗的判断，连我自己也觉得扫兴，可是我只能这样认为。如果不喜欢那条道路，就绝对搞不下去。""文艺原本就是他喜欢的路。"在太宰治之前，小田岳夫的《鲁迅传》（1941）、竹内好的《鲁迅》（1944）也都是这么认为的。是的，他们说的都没错，周树人本来就喜欢文艺而不是医学，这一点，在他入学仙台医专后不到一个月，1904 年 10 月 8 日致蒋抑卮的信里，就已经说得很清楚了。这当然是"幻灯事件"后"弃医从文"的根本原因了，否则为什么不是"弃医从政""弃医从军"呢？何况他后来还有"弃教从文"呢——就在写完《藤野先生》后没几天，1926年11月1日，他在给许广平的信里写道："但我对于此后的方针，实在很有些徘徊不决，那就是：做文章呢，还是教书？因为这两件事，是势不两立的。"（《两地书》）事实上，自翌年秋起，他就彻底"弃教从文"了，直至去世——由此可见，每逢需要两相权衡的时候，"从文"永远会是他的不二选择。

不过太宰治又说，周树人是经由明治维新的启发，上溯到《教育敕语》《军人敕谕》，然后才认识到文艺的重要性的，这却是他夹带的私货了。《〈惜别〉之意图》中说："他的思考慢慢地开始往上追溯到关于教育的敕语、赐予军人的敕谕。这样，他终于得出了明确的结论……他认为为了改造此种病态精神，将其提高至支那维新之信仰，借助于美丽而崇高的文艺是最近的捷径。"《惜别》中也说："'一个国家的维新，不能依靠西方的实用科学，而是应该致力于民众的初级教育，如果不改造他们的精神，维新不是很难成功吗？'……周先生的这种疑问，不久便使他开始关心文章，这大概就是后来文豪鲁迅诞生的原因吧！""周先生医学救国的信念动摇了，他进一步认真调查了日本明治维新的情况，并了解到一些思想家的著述引燃了日本明治维新的导火线，但周先生现在觉得那些深奥的理论著作并不可靠，必须先着眼于对民众进行初步教育的文艺创作，于是他现在正在研究各国的文艺。"周树人思想转变中的这一步,在其作品中是找不到依据的,至少不见于《〈呐喊〉自序》《藤野先生》。

而对于"幻灯事件"本身,太宰治却无论如何也难以接受,遂以各种方式曲为之说:"可是,最近大家说由于所谓的'幻灯事件',周先生的心里突然涌出了这种疑问,我认为这种说法有些出入。听说后来鲁迅自己也写了仙台时代的回忆,文章中也说由于所谓的'幻灯事件',才使自己弃医从文了。我想那大概是他根据特定的情况,将自己的过去四舍五入、简明地整理后写成的吧……是什么原因使周先生一定要把自己的过去这样'戏剧性'地组合呢?这一点,我无从得知。只是,在他叙述过去经历时,支那的形势,当时的支日关系,以及作为支那代表作家本身的位置,如果从这些方面出发并认真地追溯下去,或许可以得到值得肯定的答案……巷议的鲁迅的转机,我无论如何不敢苟同,所以才胆敢辞不达意地说了一大通话。"他甚至还试图转移读者的视线:"我倒认为点燃周先生素来对文艺的爱好之情的那个淘气鬼,与其放那部幻灯片,不如播放一部反映当时沸腾于日本青年中间的文艺热潮的片子,这样做对周先生的刺激也许更为直接。"

正是在对"幻灯事件"带给周树人的刺激的解释上,太宰治与他所参考过的竹内好的《鲁迅》拉开了距离,划出了界线。竹内好认为"幻灯事件"与"找碴儿事件"（按：即"泄题事件"）一起，使周树人遭受到屈辱并促使他离开仙台："他离开仙台的动机不只是幻灯事件，在幻灯事件之前还有另一个事件。幻灯事件本身并不是单纯性质的东西，并不像在《〈呐喊〉自序》里所写的那样，只是走向文学的'契机'……我想，他恐怕是咀嚼着屈辱离开仙台的……幻灯事件和找碴儿事件有关，却和立志从文没有直接关系。我想，幻灯事件带给他的是和找碴儿事件相同的屈辱感。"（《鲁迅》）太宰治则不仅抹杀了周树人的屈辱感，还让周树人说出了匪夷所思的话："亏了那张幻灯片，我终于下定决心了。看到同胞，我的想法改变了。看了那场面，已经不能无动于衷了。我国民众依然处于那种懒散萎靡的状态啊！友邦日本在举国勇敢作战，他们却充当其敌国的侦探，那种人的想法我不知道，嗯，多半是被金钱收买了吧。比起叛徒，聚在周围麻木地围观的民众们那愚蠢的脸更让我难以忍受……看到那些同胞的表情，已经不能再左顾右盼了。日本的忠义一元论不就是这样吗？是的，我终于能够领会那种哲学的含义了。"——《藤野先生》里明明写的是受刺激于日军的残暴和日本学生的刺耳欢呼："但我接着便有参观枪毙中国人的命运了……'万岁！'他们都拍掌欢呼起来。这种欢呼，是每看一片都有的，但在我，这一声却特别听得刺耳。"什么时候写了是受刺激于中国人做了对不起"友邦"日本的"叛徒"？虽然在《〈呐喊〉自序》

里鲁迅痛心于国民性的麻木不仁："一个绑在中间，许多站在左右，一样是强壮的体格，而显出麻木的神情……凡是愚弱的国民，即使体格如何健全，如何茁壮，也只能做毫无意义的示众的材料和看客，病死多少是不必以为不幸的。"但他什么时候赞美过"友邦日本在举国勇敢作战"，并说过难以忍受"友邦"日本的"叛徒"？总之，在太宰治的笔下，"幻灯事件"给周树人的刺激完全掉转了方向，变成了周树人赞美"友邦"日本的"高潮"，并让"我"的手记结束于这一"高潮"——这与在《惜别》开头太宰治让周树人在松岛发表了一通关于日俄战争的言论首尾呼应，一脉相承。

日本学界之否定"幻灯事件"，主张"幻灯事件"是"虚构"的"神话"，始于尾崎秀树的《惜别前后——太宰治与鲁迅》（1959），但始作俑者其实却是太宰治的《惜别》；不过，如果说太宰治已经走出了否定"幻灯事件"的第一步，却还承认"幻灯事件"是刺激周树人"弃医从文"的最后一根稻草的话，那么尾崎秀树就是拿走那最后一根稻草的人。

是的，太宰治说得没错："像我前面所说的，周先生并不是看了那个幻灯画面后，马上从医学转向文艺的，事实上，这种方针的变化，很久以前就在一点一点地进行着，可是，不得不承认'幻灯事件'至少成了让周先生最终下定决心的借口。"同样否认"幻灯事件"是"弃医从文"的根本原因、否认其与"弃医从文"直接相关的竹内好也认为："这件事在他的文学自觉上留下了某种投影却是无可怀疑的……如果说幻灯事件和他的立志从文有关，那么也的确并非是无关的。"（《鲁迅》）但否定"幻灯事件"者却乘机多走了一步，制造了所谓"幻灯事件"是"神话"、是"故事"的说法，并且归咎于鲁迅的回忆靠不住。如藤井省三就说："不要忘记，《〈呐喊〉自序》的写作是在仙台时代已经过去了漫长的十七年之后。所谓幻灯事件是经历了如此漫长的岁月在鲁迅心中形成的'故事'。应当认为，那与其说是叙述回忆中的那时候（1905 年）的自己，不如说是叙述正在回忆的时候（1922 年末）的自己。"（《太宰治的〈惜别〉与竹内好的〈鲁迅〉》）——是的，回忆有时候的确靠不住，但从什么时候起，回忆变得全都靠不住了，只要相隔十几年，就全都要被一笔抹杀了？况且，如果说鲁迅十几年后的回忆靠不住的话，那么难道近四十年后的虚构小说、半个世纪一个世纪后的文学评论反而就更靠得住了？

而且更奇怪的是，既然按照太宰治的解释，"幻灯事件"反映了周树人对"友邦日本在举国勇敢作战"的赞美，以及对"友邦"日本的"叛徒"的憎恶，而不是对在自己的国土上被日军砍头的同胞的怜悯，对体格虽强壮而神情却麻木的围观看客的失望，以及受观看幻灯时日本学生的疯狂反应的刺激，那么日本学界从尾崎秀树到藤井省三等人，为何还要拼命否认"幻灯事件"的存在呢？不是应该大力表彰"幻灯事件"才对吗？拼命否认"幻灯事件"的存在，不正好说明了他们心里有鬼，也打脸了太宰治的胡说八道吗？

顺便说一下，放幻灯是上世纪初日本的流行，比如在芥川龙之介的小说里，就经常可以看到放幻灯的场面："剑舞结束之后上演的是幻灯。在从舞台上方垂落下来的幕布上，不断映现出甲午战争的种种画面，还出现了定远轮扬起巨大的水柱、缓缓沉没的场面。还有樋口大尉怀抱着敌人的婴儿，指挥部下冲锋陷阵的镜头。一旦看见画面中碰巧出现了太阳旗，众多的观众就会大声地喝彩。其中还有人发疯似的高喊着：'帝国万岁！'"（《奇异的重逢》，1920）而在《将军》（1921）里，芥川也写到了乃木希典亲自下令斩首两个"俄国间谍"的故事："'是俄国间谍呀，'将军的眼睛里倏然掠过了偏执狂式的光芒，'斩掉！斩掉！'"骑兵当即挥动大刀，砍掉了中国人的脑袋。

所以，不管在仙台的东北大学里找不找得到那枚砍头的幻灯片，周树人肯定是在仙台的这里或那里看到过它的；日本学生或观众观看幻灯片时的疯狂反应，也肯定一如鲁迅及芥川所描写的。鲁迅后来写作时也许特意突出了"幻灯事件"，但我相信他绝不可能无中生有虚构这一事件。比起日本那些"幻灯事件"抹杀论者及其中国的盲目追随者来，我宁可相信鲁迅回忆的可靠性和叙述的准确性。

六

《藤野先生》里既肯定了藤野先生对中国留学生的善意，也揭露了当时弥漫于整个日本社会的辱华风气，《惜别》则致力于掩盖、消除、曲解、粉饰后者，正如《〈惜别〉之意图》所设想的："作者打算着力于周树人在仙台与日本人的令人怀念的、美好的交往。打算让各种各样的日本男女以及幼童（周树人曾经非常喜爱儿童）出场。"《惜别》中的几个虚构人物，即周树人的同学——"我"田中卓、班委会干事津田宪治、另一干事矢岛，明显都是太宰治的提线木偶，是用来抹杀《藤野先生》中对日本的负面印象和屈辱感的。

《惜别》开头，周树人有独自松岛之行，津田干事对此脑洞大开："那天晚上，他用小得周先生听不见的声音对我说，他两个月之前听说了巴尔切克舰队出发在即的消息，于是很担心日本没有攻下旅顺时，那个舰队来袭击日本，便开始觉得每个人都很可疑，而这时周先生一个人悄悄去了松岛，他便怀疑周先生是俄国的侦探，要测量松岛湾的深浅，并把俄国的舰队引到这儿来，企图消灭整个仙台市。"——这其实一直是当时日本间谍在中国惯常做的事情，不言而喻，自己惯常做的事情就总是会怀疑别人也会去做。

但这样的津田在"我"看来，却"仍是个爱国的好青年"，是一个"最爱周先生的人"。在周树人的兴趣从医学转向文艺后，"我"写爱操心的津田开始担心起来："那家伙怎么了？在宿舍里只是读那些无聊的小说，根本不学习学校的功课……总之，这种状态可不行。这次弄不好会不及格。他是被清政府选派来的秀才，如果日本不教给他像样的学问就让他回国，在清政府那儿岂不是很没面子。因此，我们作为他的朋友，责任也很重大……干脆哪天狠狠地教训他一顿，怎么样？说'醒醒吧'，再给他几拳，说不定他会痛改前非、好好学习的！"原来津田既爱国，也爱周树人，实在是个大好人。"我实在后悔在这部手记的两三个地方故意用了嘲笑津田君的伎俩。仔细想来，真正打心眼里喜欢周先生的不正是津田君吗？"太宰治让周树人也说："那个人绝对不是坏人，但我对于他的过度热情总感到无话可说。对津田君的这种照顾，除了当时觉得有点痛苦之外，事后并没有任何不满。""虽然有点儿烦，但他还是有正直的一面的，我并不是很讨厌他。"

在《惜别》里，化名"直言山人"、给周树人写"你改悔罢"匿名信的，是夺走津田干事之职的新任干事矢岛，"我"竟然也能美化他的动机，并让他向周树人坦白道歉："也许是矢岛君毕竟拥有可以称作东北人道德中特有的洁癖性这种素质，或者是从他信仰的基督教中感悟到了反省的美德，忽然哭起来，坦白说写那封信的人就是他，并对这次愚蠢的误解深表歉意，还说要辞去干事的职务，推荐津田君当下一任干事。"就这样，在《藤野先生》中让周树人深受刺激的诬陷，就成了一个诬陷者改过自新的感人故事，试图由此化解周树人所遭受的屈辱感。

后来试着与那位被误解为乡村公子的矢岛君相处，发现他也只是一个极端认真的人，就像周先生曾经对仙台人所做的批评，仅仅是"怀有东北大诸侯的责任感固执己见"……我甚至想，公然给周先生写那种极不合适的信，绝非认为支那人劣等，以示侮辱，相反，那实在是包含着对于支那俊才的敬畏心情。这种敬爱之情硬生生奇妙地一颠倒，似乎就变成不许侮辱仙台的抗争的逆反心理了，于是才写了那样不合适的信。极端认真的人，左思右想以后写的信，字写得像鸡爪子扒似的，文章更是极其拙劣。总之，是个认真的人。那时看到周先生渐渐对学校的学习失去了热情，矢岛君怀疑自己写的混账信是周先生不学习的原因，十分内疚，于是便送给周先生德语大词典，并帮他写作业，在学校听课的时候还总喜欢坐在周先生的旁边，像是在照顾周先生似的。

作者就这样把矢岛彻底洗白了，不仅不是卑劣的家伙，反而成了模范同学了。真是颠倒黑白、巧舌如簧——"怀有东北大诸侯的责任感固执己见"云云，大概只是太宰治的夫子自道和自我美化吧。

不仅如此，太宰治甚至还让周树人说出了这样的昏话：
"我总是请藤野先生修改笔记，所以引起这样的误解也是情有可原的，我反而觉得对不起矢岛君。以前不太喜欢他，在互相交谈中，才发现他是一个非常正直的人。""矢岛君他们的那封信，我反倒觉得爽快。因为支那人劣等，所以不可能取得好成绩，态度十分清楚。这样一来，我的心情平静了、释然了。我受不了温情。"——居然捏造周树人有被殖民者的受虐倾向，以为这样就可以完成御用作文的任务了，就可以实现"大东亚之和睦"的目标了，可这种手法也太拙劣了吧！也太把假想的中国读者当傻瓜了吧！顺便说一句，有人口口声声说周树人抱有作为中国人的"自卑感"，可能是连"自卑感"与"屈辱感"的区别也没弄清楚吧。

的确，仙台医专有对周树人和善的同学，周树人退学时他们还开了送别会，留下了珍贵的合影。《藤野先生》里也写到了："我便将这事告知了藤野先生；有几个和我熟识的同学也很不平，一同去诘责干事托辞检查的无礼，并且要求他们将检查的结果，发表出来。终于这流言消灭了……"太宰治在《〈惜别〉之意图》中也承认："在这一时期，受到医专两三个日本学生的恶意对待是事实，但另一方面，似乎是作为超额的补偿，他拥有了难得的日本良友与恩师。"本来按照实际情况实事求是地写也就可以了，但太宰治非要抹杀日本同学间的这种区别，将侮辱周树人的同学与和善的同学混为一谈，目的就是要否认当时日本社会普遍存在的辱华风气。"就要和周先生分别了，在我的宿舍开了小型的送别会，出席者有爱喝酒的木匠和他十岁的女儿，津田君、矢岛君两位干事，我和主角周先生……唱着唱着，津田君突然背过身去哭了起来。嘴上虽然说着兴致勃勃的话，可是要与周先生分别了，他似乎比谁都难过。和津田君相处，能看到他这样好的一面，我变得不像从前那样害怕和讨厌城里人了。"——我看着周树人送别会的那张合影，也只能佩服太宰治的胡编乱造了。

"中国是弱国，所以中国人当然是低能儿，分数在六十分以上，便不是自己的能力了：也无怪他们疑惑。"关于"泄题事件"带来的屈辱感，《藤野先生》里原本写得很清楚。竹内好认为太宰治"对鲁迅所受的屈辱共鸣不足"（《〈藤野先生〉》，1947），真是一针见血的诛心之论——不过他的用词还嫌过于客气，岂止是共鸣不足，简直是彻底无视、完全抹杀了周树人所受的屈辱感。

《藤野先生》中对于日本的负面描写，周树人留学仙台期间遭受的屈辱，本来也就只有"泄题事件"与"幻灯事件"这两处，但太宰治在《惜别》中都做了曲解或抹杀，成为日本学界后来同类论述的先驱。其中"幻灯事件"抹杀论甚嚣尘上，而对"泄题事件"的曲解则因过于荒唐，后来似乎没有在日本学界得到支持。

七

太宰治以虚构的"日语不自由小组"三人组合（周树人的生硬外国语调、"我"田中卓的东北乡下口音、藤野先生的北陆土话），象征"大东亚共荣圈"的国际关系，牵强地上升到"东洋本来之道义"，想要以此载"大东亚之和睦"之道，完成内阁情报局和文学报国会交给的任务：

> 这样看来，后来这位藤野先生与周先生、我三个人结成的亲密同盟，简直不过是日语不标准者气味相投的结果……事实上，在那之后，我们三人的同盟中有过对于超越日语不自由小组之观念、超越"投脾气"的某种宏大之物的信任和追求，但此种宏大之物为何物，我实在不太明白。是所谓的互相尊敬？是邻人爱？或者应当叫作正义？不，我觉得是将那各种心情全部包含在内的某种隐隐约约的更大的东西。或许，藤野先生常说的"东洋本来之道义"与之相符。

所谓"东洋本来之道义"，《惜别》里借藤野先生之口，是这么说的：

> 我认识的一家人，老大是贫民，老二是司法官，老

小有些奇怪，是演员，是这样的一家人。开始的时候，
他们兄弟之间常常吵架，可是，现在，相互之间非常尊
重。不是什么道理，怎么说呢，即使每个人都想开出自
己不同的花，但整个家才是一朵大花……我想东洋整体
是一个家庭，个人可以各自展示自己的面貌……应当称
作"东洋本来之道义"的潜流在任何时间、任何地点延
续着。而且，在其根本之道，我们东洋人都连接在一起，
可以说背负着共同的命运。像刚才我提到的那个家庭，
尽管人各有志，却还是一朵大的花儿……一句话，不要
欺侮支那人。仅此而已。《教育敕语》里是怎样说的？"相
信朋友，交友就是相互信任。"别无其他。

可是放在日本侵略战争的背景下来看，太宰治借藤野
先生之口说的这番高论，简直就像是对于现实的嘲讽和打脸
了。所谓"不要欺侮支那人"，正如竹内好所嘲讽的："他
们似乎相信可以如同怜悯孩子一样怜悯支那人。没有比这个
更给人（也包括给支那人）添乱的了。"（《支那与中国》，
1940）对于太宰治的这番谬论，川村凑也一针见血地指出：
"显而易见的是，这里没有任何与中国人、日本人之关系相
关的积极性的东西。在日中战争正在进行的时候，只能为日
中两国的关系准备出这样的答案，这无非显示了太宰治中国
观、'大东亚'观的极端贫弱。"（《〈惜别〉论——"大

东亚之和睦"的幻影》）所以归根结底，所谓的"东洋本来
之道义"，仍是为侵略战争服务的。

> 我痛切地感到在战争中，即便对手是你的朋友，也
> 要取得绝对的胜利。胜了，真好……那天晚上，我深切
> 地思索着：战争一定要胜利。战况一旦不利，就连相信
> 朋友也变得很困难了。民众的心理原来是那么不可靠。
> 小而言之，是为了防止国民日常伦理道德的动摇；大而
> 言之，是为了发扬藤野先生所谓的"东洋本来之道义"。
> 因此，战争无论付出多大的牺牲也要胜利。

虽然表面上"我"说的是日俄战争，但影射的无疑是当
时正在进行着的"大东亚战争"，寄托了太宰治对于侵略战
争取得胜利的希望。这显示了太宰治做这一御用作文时的良
苦用心，再好不过地显示了他想要达成"朝野一心"目标的
努力。

依据上述引证，不容否认的是，从文学角度来说，在
八十年后来看，《惜别》乃是一部出于日本军国主义宣传目
的而写的御用之作、帮凶之作（战争协力文学）。太宰治自陈，
"所怀意图为让现代支那之年轻知识人阅读，使其产生'日
本也有我们的理解者'之感怀，在日本与支那之和平方面发
挥百发子弹以上之效果"（《〈惜别〉之意图》），然而遗

憾的是，不得不说实际效果根本就是南辕北辙。这样的御用
之作、帮凶之作，实在是有辱太宰治的文名，有损太宰治的
形象，读者不读也罢，尤其是中国读者，读了是会倒足胃口
的——估计即使日本读者，也是不会要读的吧。

　　总之，《惜别》的写作始于内阁情报局和文学报国会的
命题作文，终于太宰治借周树人之口发出的对于日本的种种
意淫；其写作于战争期间而出版于战败以后的巧合，则更像
是历史对这一御用之作、帮凶之作的一个莫大嘲讽。

八

　　除了刻意抹杀《藤野先生》里对日本的负面印象及周树
人所遭受的屈辱感，着力塑造了一个对日本军国主义和侵略
战争大唱赞歌的周树人形象外，《惜别》里还有一些事实上
的出入和硬伤。

　　"一位先生"硬要周树人搬家，这其实就是藤野先生之
事，他后来对周树人的同班同学小林茂雄回忆说，他确曾为
周树人的住宿操过心（参见拙文《在日本教〈藤野先生〉》，
收入拙著《东洋的幻象》），《惜别》却把它安到了周树人
的同学津田身上，说他对周树人特别关心，甚至来到他的宿舍，
说住这个地方不行，劝他搬到自己那里去住。其实，《藤野先生》
里既说"一位先生"，则肯定是老师而非同学，所以这应该

是太宰治搞错了。

但搞错的理由却很有意思，是为作者塑造人物服务的。原来，一个劲劝周树人搬家的津田认为，周树人很有可能是俄国的间谍。"（日俄）战争中，第三国的人都有可能当间谍。特别是清国留学生，一个不落都是革命派。为了革命，他们也可能向俄罗斯求助，因此有监视的必要。一面对他们亲切，一面监视他们。为了这，我把那个留学生拉到我的宿舍里住，照顾他的同时，也对日本的外交方针做些努力。"联系他对周树人独自松岛之行的误解，可见他对中国留学生的不信任是一以贯之的。

此外，仙台医专 1904 年那级新生共一百十一人，加上上级留级的三十一人，总共才一百四十二人，《惜别》却说光新生就招了一百五十人或更多；第一学年结束，全班一百零三人升级，三十九人留级，《惜别》却说大概五十人留级；第一学年的考试成绩，周树人在全班排第六十八名，《惜别》却说是第六十名——这几处《惜别》都搞错了或不准确。

《惜别》又说，第二学年末大家正在准备期末考试时，发生了"幻灯事件"，周树人决定离开。其实第二学年结束前的 3 月周树人就申请退学了，"幻灯事件"当然还要更早一些。《惜别》的说法，应该是受了《藤野先生》"到第二学年的终结"之语的误导——那倒的确是鲁迅记忆有偏差了（《〈呐喊〉自序》说："这一学年没有完毕，我已经到了东京了。"即没有记错），太宰治因此误以为周树人是到第二学年末才退学的，在提交给当局的写作申请书《〈惜别〉之意图》中即已如此误解。

关于搬家后每天总要喝的难以下咽的"芋梗汤"，《惜别》介绍说，其实就是把生的芋头捣成泥糊状的东西，很难下咽。也是上述这个津田，来到周树人的房间里，见他桌上剩着芋梗汤，便问他为何不吃这个，还说芋头营养丰富，必须要吃，把它拌到调料里充分搅匀，就会出来香甜的泥汁，把泥汁浇到饭上就可以食用了。周树人听了他的话，学习了他的做法后，就能够下咽了，而且还很好吃——鲁迅说的是"芋梗"，太宰治说的是"芋头"，似乎并非同一种东西。

九

我最后还想问的是，为何《惜别》会被选中？或者换句话说，为何鲁迅会被选中？

猜测选中的理由，大概是文学报国会认为，鲁迅作为大文豪，不仅名声足够，而且与日本因缘很深，既能被日本人接受，也能被中国人接受，是两国间的最大公约数。更何况鲁迅撰有名文《藤野先生》，藤野先生与鲁迅这对近乎理想的师生关系，可以被利用来象征彼时日本人心目中的日中关系。《惜别》开头，采访"我"的记者说："我是为了我们东方各国的和睦关系，才想将这个作为新年读物写出来的。"
这就是"五项原则"之二"大东亚之和睦"的点题之笔了，
鲁迅的形象在他们看来似乎符合这个要求。

反之，成了汉奸的周作人，虽能够被日本人接受，却不
能被中国人接受，所以不可能被选中。在《惜别》中，周树
人多次提及自己的这个弟弟，且多为夸赞的口气，如"他从
小文章就写得比我好得多，现在我想，今后向弟弟请教，不
妨兄弟合作，一点一点地进行文艺翻译"，"和仍在故乡的
弟弟商量，一起发刊文艺杂志"，表现的毋宁说是太宰治对
于周作人的好感。但即便如此，他也知道不可能选周作人做
主角——竹内好及中国文学研究会对于附逆后的周作人的不
屑与拒绝也是旁证。

那么，鲁迅何以能够被日本人接受呢？

在关于鲁迅身后的各种问题中，经常会看到"如果鲁迅
活到某某年以后会如何"这样的假设，但我想提出另一个很
少有人提出过的假设：如果鲁迅不是去世于战前，而是活到
战中乃至战后会如何？

我想，有一点是可以肯定的：如果鲁迅活到战中乃至战
后，他将绝不会像周作人那样附逆，而是肯定会站在抗战一
边的。

如果是这样，他将更为符合"民族魂"的形象，却未必
符合文学报国会的要求了。

正如拙文《鲁迅的"误判"》（收入拙著《东洋的幻象》第二版）谈到的，鲁迅的去世于战前，使他看不到武者小路实笃的转向，从而不能认清他的真面目，以致带着对他的玫瑰色印象去世了。其实，不限于武者小路实笃，其他的许多日本作家，日本的许多黑暗方面，日军在战争中的暴行，都因为鲁迅去世于战前，而逃过了他的严厉批判。也就是说，一个活到战中乃至战后的鲁迅，与一个去世于战前的鲁迅，其形象将会是非常不同的，尤其是对于日本人来说，未必是他们承受得了的。

由此看来，文学报国会之选中鲁迅，也是因为鲁迅去世于战前，正好幸运地避开了战争，鲁迅评价中的"中日关系"这个层面，因而也就呈现出完全不同的面貌。所以，在新潮文库本《惜别》解说（1973）中，奥野健男称道太宰治在那个时代"果敢地以总体上是叛逆者的鲁迅为题材"是具有勇气之举，并认为此举"从根本上把握了日中关系的核心"，显然是过誉之词了，因为太宰治甚至都回避了更具"叛逆性"的后期鲁迅："作者对鲁迅晚年之文学论无兴趣，故晚年鲁迅之事一概不涉及，打算描写仅仅作为一个清国留学生的'周先生'。"（《〈惜别〉之意图》）对此藤井省三推测道："具有参加不合法左翼运动体验的太宰，可能是预图到了当局的检查，所以才回避了作为革命文学家的鲁迅。"（《太宰治的〈惜别〉与竹内好的〈鲁迅〉》）但更有可能的是，太宰治也借此回避了后期鲁迅对于日本侵略野心的辛辣批判，即如上述发表于"九一八事变"后不久的《"民族主义文学"的任务和运命》，便谴责了"日本人'张大吃人的血口'，吞了东三省了"。

进一步说，长久以来日本学界对于鲁迅的定位——"东洋的文学者""纯粹的东洋人"（佐藤春夫《月光与少年——鲁迅的艺术》，1936）、"东方文豪"（太宰治《惜别》）、"东亚的文化英雄"（藤井省三《鲁迅事典》，2002），等等，纷纷采取超越国界的"东洋""东方""东亚"视角，以此拉近鲁迅与日本的距离，也许也都与鲁迅去世于战前不无关系——假如鲁迅活到战中乃至战后，表现出更强硬的抗战立场，日本学界对于鲁迅的定位，或许也会发生相应的变化吧。

但是反过来看，因为鲁迅去世于战前，文学报国会选中了鲁迅，选中了太宰治的选题，以之作为救命稻草，来为侵略战争服务，其实却是鲁迅的不幸。这正如川村凑所说："说得更直截了当一些，这篇小说的模特儿如果不是著名的鲁迅会更好一些。"（《〈惜别〉论——"大东亚之和睦"的幻影》）

是的，说得更直截了当一些，这篇小说的模特儿如果是本书开头《天竺天狗与震旦天狗》里的那个天竺天狗，也许会更好一些；如果是小泉八云也行。

十

虽然太宰治在写《惜别》前，据说通读了当时能到手的鲁迅著作日译本，以及日本学者有关鲁迅的若干论著，在把握和熟悉鲁迅生平上花了功夫，使《惜别》具有藤井省三所指出的种种"优点"，如对作为喜欢大都市的"城市少年"的鲁迅作了确切的描写，有关"鲁迅五音不全"的描写体现出了一种敏锐的观察力，"像商家的少爷一样俊雅"的身着棉和服的鲁迅形象也是得力于卓越想象力的逼真描写（《太宰治的〈惜别〉与竹内好的〈鲁迅〉》），但仅凭这些微不足道的细节，并不足以使《惜别》变得有价值，因为《惜别》的问题是根本上的。所以，竹内好对《惜别》的酷评——"这又是肆意无视鲁迅的文章，仅凭作者的主观想象捏造出来的鲁迅形象——说是作者的自画像更好"（《花鸟风月》，1956），尾崎秀树对《惜别》的批判——"《惜别》中的鲁迅是作为太宰治急于描绘的自画像、严重变形的鲁迅形象被归纳出来的，其原因之一在于太宰治中国认识的肤浅"（《〈大东亚共同宣言〉与两部作品》，1961），奥野健男对《惜别》的解读——"借鲁迅创作了内容并非鲁迅而是太宰治本人之自我表白的故事"（新潮文库本《惜别》解说），川村凑对《惜别》的痛贬——"太宰治对鲁迅文学与鲁迅这个人的把握都是'误读'……《惜别》中的鲁迅终究不外乎太宰治的'自我'，这正与'大东亚'最终不过是'日本'自身的同义语这一历史事实相对应"（《〈惜别〉论——'大东亚之和睦'的幻影》），都是几近完璧的不刊之论；相比之下，藤井省三对《惜别》的辩护和溢美——"太宰不曾'无视鲁迅的文章'或者'主观地捏造鲁迅形象'"，而是"在充分尊重事实关系的基础上，发挥太宰治式的丰富想象力，描绘出了淳朴的中国留学生形象，并成为一种优秀的'初期鲁迅论'"（《太宰治的〈惜别〉与竹内好的〈鲁迅〉》）——借用他自己的话来说，则实在只能得零分了。竹内好一针见血地指出，太宰治"对鲁迅所受的屈辱共鸣不足"，藤井省三则反呛竹内好"'对屈辱的共鸣'难道不是过于强烈了吗"（《太宰治的〈惜别〉与竹内好的〈鲁迅〉》），暴露出他自己同样"对鲁迅所受的屈辱共鸣不足"。但太宰治身处军国主义的年代或许情有可原，而身处"民主主义"时代的藤井省三又何以会如此呢？也许正是出于一种"文学民族主义"（nationalism）意念乃至"殖民者情结"而不自觉且不无过剩吧。他这样看待战后竹内好等人的鲁迅论的宏观背景："战前的'先进日本·落后中国'这一图式发生逆转，社会主义新中国在众多日本人的眼中闪耀着光芒。以竹内好等中国文学研究者为代表的许多日本人对人民共和国抱着过度的期待，赞美社会主义中国。这也是对半个世纪间的蔑视与侵略之历史的逆反。"（《〈惜别〉中译本序《青春文学名著中的鲁迅》）而他对竹内好等人的鲁迅论的驳斥与反呛，则似乎有意表明他对于这种"逆反"的再逆反，并试图重新回到"先进日本·落后中国"这一图式，以对应上世纪末期以来中日关系的新局面。然而，这种企图和努力或许注定会是徒劳的吧。

十一

日本战败以后，太宰治完成了其代表作《斜阳》（1947）、《人间失格》（1948），其中涉及刚刚过去的那场战争，已经完全没有了《惜别》中的那些"时代的奴隶语言"（奥野健男《惜别》解说），或"用现在流行的话来说奴隶根性"（《维庸之妻》，1947）——什么"日本独特的清洁感"，什么"神国的精神本质"，什么"日本的国体实力"，什么"忠义一元论"，什么"东洋本来之道义"——由此也反衬出《惜别》中那些"时代的奴隶语言"和"奴隶根性"是多么地让人恶心。

"正值日本的军部越来越露骨地走向战争的昭和十年（1935）前后"，"我们没有像当时的人们那样相互询问遭到过空袭没有"——《人间失格》是这样提到刚过去的那场战争的。

《斜阳》里的弟弟，读大学期间被征召去了南方的岛屿，一直杳无音讯，战争结束后也去向不明。后来终于露面了，却已经成了废物，不久后自杀身亡。他在日志中这样痛斥那场战争道："战争，日本的战争是一种自掘坟墓的行径。我可不愿被卷入自掘坟墓的战争中而死去，不如索性独自一人死去。"——这样的认识与《惜别》宛如云泥之别。

《斜阳》里的姐姐，体力劳动让她想起了战争期间的经历，她同样认为"战争真是毫无意义"：

> 战争时我被征召去当打夯女工……回想起来，战争真是毫无意义……我不愿谈论，或听到有关战争的回忆。虽然许多人在战争中丧生，我还是认为回忆那些事陈腐而无聊……
>
> 当战局日益变得绝望时，有一个穿着像是军服的男人来到西片町的家，交给我一张征召通知和一份劳动日程表。我一看日程表，从次日开始，我必须每隔一天去立川的深山里干活，便忍不住流下了眼泪。
>
> "可不可以找人代替我呢？"我眼泪流个不停，啜泣着问道。
>
> "是军方征用你，所以非得本人去不可。"男人口气强硬地回答。
>
> 我只好咬牙自己去了。
>
> 次日是个雨天，我们在立川的山麓排成队列，首先是军官对我们训话。
>
> "战争一定会胜利，"他开口说道，"战争一定会胜利。

不过,大家如果不按照军方的命令去工作,就会妨碍作战,导致像冲绳那样的结果……"

同样说"战争一定会胜利",但与《惜别》里所说的:"在那个松岛的旅馆时,周先生便预言:这场战争,日本一定胜利,这样生机勃勃的国家不可能失败。"其味道已恍如隔世。

战后在《斜阳》《人间失格》中这样写着的太宰治,又会如何看待自己在战争期间所写的御用之作、帮凶之作《惜别》呢?不言而喻,《惜别》经不起与《斜阳》《人间失格》的对照,这也正反映了它的根本问题之所在。

但有些东西则是不变的,从战前到战后一以贯之,那就是太宰治的"忠君"观念,顺应着保留天皇制的战后现实,比如《斜阳》里的这段对话:

"记得报纸刊登过天皇陛下的御照,再拿来给我看看。"

我把报纸上登载照片的那页在母亲眼前展开。

"陛下老啦。"

"是这张照片拍得不好。最近的照片都显得非常年轻,生气勃勃的呢。大概是很欢迎这个时代的到来吧。"

"为什么?"

"那还用说,这回陛下也得到解放了啊。"

母亲凄凉地笑了。过了好一会儿才说："其实，陛下现在是欲哭无泪了啊。"

在太宰治的战后作品中，也唯有这种地方，仍能看得出《惜别》的影子——也显出《惜别》问题的根源。这在日本是有普遍性的。

反之，像村上龙《69》（1987）里的高中生那样，能指出战后日本的天皇制与马基雅维利的《君主论》有相似之处的，在日本则属于凤毛麟角吧。

（谨以此文，纪念中国人民抗日战争暨世界反法西斯战争胜利八十周年。）

（太宰治《惜别》，于小植译，藤井省三、董炳月序及附录；《斜阳》《人间失格》，竺家荣译；《维庸之妻》，魏大海译。岛崎藤村《破戒》，陈德文译。谷崎润一郎《幼少时代》，陈德文译。夏目漱石《漱石日记》，陈德文译；《我是猫》，刘振瀛译。川端康成《舞姬》，唐月梅译。《现代日本小说集》，鲁迅、周作人译。竹内好《近代的超克》，孙歌编。村上龙《69》，董方译。）

你好, 唯野教授!

一

你好,唯野教授!我是你的中国同行,很高兴能够认识你。作为同行,你是那么地可爱而又可恶,我有许多话想要对你说说。

认识你纯属偶然。2006年的某一天,在神户外大图书馆的书库里,我寻寻觅觅,淘着感兴趣的书,忽然就看到了你——《文学部唯野教授》(1990),装帧像学术著作,书名却像小说,于是就觉得奇怪,不知道究竟是什么东西。看看你的老板,叫什么"筒井康隆"的,此前也是闻所未闻(还要请筒井先生原谅)。翻开来,卷首语"致读者"说:"这本书能让你在轻松愉快的阅读中,通过比专业书平易百倍的语言,并且只需花百分之一的时间,就可以掌握那些晦涩难懂的文学理论。从此,你也就可以算作一个现代文学评论家了。"一向对文学理论头疼的我,一下子就被击中了软肋。再翻开目录,哇呜,"印象批评""新批评""俄罗斯形式主义""现象学""阐释学""接受美学""符号学""结构主义""后结构主义"，琳琅满目。那就先借下吧，于是就与你相遇了，于是才知道是小说，于是才知道是写同行的，于是那些个阳光灿烂的没有课的午后，你总是让我乐不可支——也许这也是唯一一本能让我读得乐不可支的日本小说了（或者再加上差不多同时期村上龙的《69》，1987），正如中国钱锺书的《围城》（1946）、法国罗曼·加里的《童年的许诺》（1960）……

贵姓"唯野"（ただの，音近"他打闹"），真是姓得好啊，谐音既可理解为"仅有的"，也可理解为"不过是"。从头看到尾，在你供职的那所"早治大学"里，你算得上是个"仅有的"稍稍像样的教授了；但你那么地不务正业，不写论文，不出专著，不搞项目，不获奖项，不开研讨会，不当带头人，还不跨世纪，不江河湖海，却老在那里写小说，以致在大学里一点地位都没有，"不过是"一个小小的教授罢了。

你的老板筒井康隆，喜欢拿名字开玩笑，什么"芥兀奖"（芥川奖）、"直卝奖"（直木奖）、"《朝目新闻》"（《朝日新闻》）、"《读经新闻》"（《读卖新闻》《产经新闻》）、"《中央兴论》"（《中央公论》）、"《潮流》"（《新潮》）、"《阪神新闻》"、"《文学海》"、"《小说初潮》"、"《群盲》"、"《朝目星期一》"、"世间出版社"（风间出版社），还有"束大""早治大学""立智大学""明稻大学""庆政大学""明教大学""政教大学""阪神大学"
（东京大学、明治大学、早稻田大学、庆应大学、法政大学、
立教大学、大阪大学、神户大学）……不过他只是喜欢文字
游戏，并无讽刺这些对象之意。就像他把你的名字"唯野仁"
（谐音"仅有的人""不过是人"）的发音打乱了重组，然
后为你取了个"野田耽二"的笔名一样。

二

"大学的课晚十二分钟上、早十二分钟下是约定俗成的
规矩。不守这个规矩的教授学生看不起。"确实是的，你的
同事日根野教授，提前上课挨个点名，推迟下课成心拖堂，
就被学生讨厌看不起；而你每次都谨守规矩，"准时提前
十二分钟"下课，把九十分钟的课上成六七十分钟，维护着
做教授的体面——不过，如果你到我们这儿来做外教，可不
许你这样！你得踩着点进教室，听到铃声才下课，否则就算
你教学事故，说不定还是"重大"哦。

"开学第一个星期一般都不上课。整个学期三分之一的
课不上稍微显得有点儿多，会有人在背后指三道四，但是五
回六回不上却可以理直气壮，没有问题……新开设的课第一
次不上，大部分情况是因为老师们没有准备好教案。还有更
大胆的教授，第一次上课干脆不带教案，花七十分钟时间慢

慢点名，一节课点一遍名就完了。"你当然也是这样，但用点名来杀时间这种好事，只有在有三百五十名左右学生选修的公共课上才能做到，在你那只有几十名学生选修的专业课上可做不到。

开学初拖拖拉拉不上课，这在你们的大学可是有传统的，夏目漱石的《三四郎》（1908）里就写过的。新学年从9月11日开始，三四郎规规矩矩地于上午10点半到达学校，只见大门口的布告栏里贴着课程表，却看不到一个学生。三四郎跟人打听什么时候开始上课，那人若无其事地告诉他9月11日。三四郎问，他看过每间教室，怎么都没有人上课。那人回答说，因为没有老师。三四郎恍然大悟。第二天8点整他来到学校，可是走进教室一看，上课铃虽然响过，但是先生还没有来，也没有学生。下一堂仍然是这样。这样又过了十多天光景，才终于开始上课了——想不到过了近一个世纪还是这样。

顺便介绍下，日本的学年，1920年以前从9月开始，1921年起改从4月开始——好家伙，你那第一堂课都4月下旬啦！"为了写这个，上星期一半儿课都没上，连能见甘泪卿的立智大学的文学批评课都没上。"你为了写小说，竟敢如此休讲，也是服了你了！

不过呢，局部的变化还是有的，你在某次休讲后跟学生打招呼："现如今老师不上课也不生气的只有在座的文学部的各位了。老师不上课学生反而高兴这种事儿也一去不复返了。现在，医学部老师如果不上课学生们要求退赔学费还闹事呢，麻烦大了。"说白了，你那文学部就是不如医学部值钱呗。

在你们的大学里，不仅"他们讲的课亘古以来就是这个样子"（《三四郎》），而且你"用的教案还是当副教授时候的，五年了也没变过"。但你不必炫技，这一套咱也会。不要说五年十年不变，五十年不变也没关系。铁打的营盘流水的兵，反正学生在变就行了。

但你的课讲得真好呀，那些高深的文学理论，被你讲得那么生动有趣。日本没有"白氏讲坛"，可真是你的不幸。不过，你的那些教授同事，大都是些小肚鸡肠，万一你上了"白氏讲坛"，也许你的麻烦会更多吧？这么一想，没有"白氏讲坛"，又成了你的大幸。要不，你干脆到我们这儿来吧，你那么饶舌，只要同传跟得上，收视率一定低不了（顺便想到，你的饶舌，都可以成为日语同传的测试题了）。"白氏讲坛"如今似乎行情低迷，怎么就从未想过要请外援呢？

你可真敢说话，不拍学生马屁。"校园里到处都是学生，一个个跟电影里的群众演员似的，没有任何个性，也没个大学生的样子。'你说这些蛆虫一样的学生一天到晚都在想什么呢，一个个长着个朽木脑袋，肯定只能是搞团体迷思，随波逐流。'"你总想不明白为什么得这样巴结学生。"不过最近这种学生很多，不关照不行，所以也无奈。"不过，你这样消极看待学生可不行，你岂能忘了教书育人的责任？

当然，倘若联想到在那些"校园小说""青春小说"里，像你这种身材矮小、其貌不扬的教授，也不过就是学生眼中的"群众演员"，谈情说爱时的讨厌布景，那么也可以说互相扯平了。你们"早治大学"的学生报《笔锋》，不就是吃饱了饭没事干，八卦人家法文专业主任斋木教授有艾滋病，还在教授中评选什么"全校第一美男"，害得你那被评上的同事遭人暗算，写的论文老是被"纪要"退稿吗？不过彼此彼此，我们这儿依样画葫芦，也在依据"颜值"，评选我们的"都教授"呢！

三

在你们"早治大学"里，教授们可真是生龙活虎，活色生香，人人可爱，个个极品。你们的学部长（院长）河北教授，就是那个说"postmodern（后现代）"是"新建的邮局"的，为了让学生买自己出的那本昂贵的《文学概论》教材，专门把封面的一个角做成黄色不干贴纸，期终考试的时候让学生撕下来贴在答卷上，说没贴黄色书角的答卷不给打分。没买书的学生当时都傻眼了，有人把交上去的答卷翻来翻去，想看看有没有谁贴了两个角。真希望我们的教材也能做成这样，有些人就不必变着法儿搞推销了。

英美文学专业主任蚁巢川教授假公济私，自己家里养着几十万日元一条的花锦鲤，却舍不得掏几十日元的邮票钱，经常偷着用单位的邮票，连助教都抱怨"真拿他没办法"。蚁巢川教授还生财有道：考试不及格的学生补考要缴五百日元补考费，这钱整个都会进教授的腰包，于是他就把英美文学精读课的学生一大半都给判了不及格，让他们全都补考！学生们都骂，说他用罚他们的钱做了丝绸面料的西装。我得去问问教务员，我们这儿的补考费是多少，以后或可如法炮制。这样子有创意，从大权到小钱通吃，不由人不佩服。

大咖教授都如此不堪，也就难怪你和同事们怪话连篇了："咱们是在大学这种 paranoia（妄想）、排外的性格中，俄狄浦斯化了的被动部分的一种结合。""大学教授一个个都没有社会常识，都有病呢。""所有的大学教授都确信没有比自己更高尚的人，那坚信不疑的样子甚至令人感到悲壮。""这种人不挨揍都能待下去这就是大学。不仅如此，一直保护并使这种人的幼稚劲儿不断膨胀的也正是大学。""所有大学都一样，特别是早治大学文学部的教授们，如果仅从饶舌、自能、偏见、偏执的角度看，一个个差不多都是陀思妥耶夫斯基式的人物……如果再加上点儿张狂，每个人都能成萨尔瓦多·达利那样的超现实主义艺术家，可惜他们没有狂气只是市侩，所以不可救药。"这些话都说到我的心坎上了。你平日最头疼参加教授会，有时甚至会怀疑会议室拐角的衣柜是不是跟卡拉马佐夫家的饭厅通着，其实我也常常会有这样的幻觉。

不仅教授们被你们骂了个狗血喷头，大学体制也成为你老板的刻薄对象，借你之口对番场编辑大放厥词："首先是金钱。当然工资有规定，都是按工龄定的，不管你当干部还是没当干部，基本上没有大区别。但是干部有外快，学校的钱可以随便使。地位越高能随便使的钱越多，当了学部长就能有相当可观的额外收入。维持一个大学教授的体面，差不多都靠的是这些额外收入……再说名誉。你们圈外的人不知道，有许多在你们看来微不足道的名誉，在学问界可都是不得了的。就像文坛，得个什么奖，当个什么奖的评委之类的，本人觉得特长脸，可是一般人连那是什么奖都不知道……还有一点，就是学校里边的政治，也就是权力。其实有很多人最看重的就是这个，使着快乐用着愉悦。喜欢这玩意的人多得要命。好多人进大学好像就是为了搞这个，简直没有办法……所以说白了现在学界很多人不好好上课，不好好搞科研，一天到晚专搞这些。结果会怎么样呢？说到这儿又该请韦伯出来说话了。典型的、大量的社会斗争长期进行的结果，必使保持高度个性的人遭淘汰。没有好教授了，大学慢慢也就完蛋了。"如此危言耸听的怪论，我们这儿也常能听到，但大学还不是好好的，比九条命的猫还长命。

说起来，你们大学里的种种，有些看起来与我们真像，每每让我感到亲切不已。比如办公室的分配："才当上教授嘛。就这比分到两个人用的房子强。""到底是主任教授的办公室，比唯野的可是宽敞多了。"这一点，咱这儿可是一模一样呵——除了面积大小和是否独用，你们还没有考虑到朝向呢：是否看得见长江、黄河、黄浦江，照得到曙光、晨光、鱼肚白？这些花样经你们没有吧？那你们可比我们差远了。

不过话又要说回来，要说晋升职称，还是你们那儿容易。在你们那儿，如果是教授会权力大，则只要在"纪要"（院系内部学术刊物）上发表六篇论文，或者申请出版补助费在哪家"救灾出版社"出一本书——不是都要，而是二选一，就可以晋升教授了，所以你四十不到就成了教授。放在我们这儿，论文起码得×篇以上，还得发在"核心""C刊""权威"上，还得有专著，还得有课题，还要获奖，还要与亲爱的同事PK成仇人……还不烦死你，累死你，气死你，吓死你！在你们那儿，如果是事务局权力大，则可以用金钱代论文："职称在资格审查委员会，跟教授会完全不是一个组织，在那里是少数服从多数。想提职称一般情况下最少也得拿出五十万先给主任教授，主任教授用其中的三十万请那些有影响的教授在高级餐厅吃、在有名酒吧喝，给你拉能超过半数的选票。"不知道我们这儿有无这种现象，听说各种地下交易也丰富得很呐。

四

此外，教授们跟媒体的关系也很像啊。一方面，假正经的教授看不起媒体，谁在媒体上发文就攻击谁。"水户君最近在流行刊物上发表的东西很多呀，这可不好啊。""这怎么行呢？为什么不多在纪要上发表论文呢？整天写这种东西，怎么能评上教授呢？"在这些假正经的教授看来，除校内纪要和学会纪要外，其他都是低俗的流行刊物，谁要是在那样的刊物上发表了文章，将立刻被排挤出大学的权力结构。"不管你在《潮流》那样一流文学刊物上发表无论多么高深的言论，都只能被他们看成是胡闹腾。这些人迷恋着大学内部的权力构造，确信只有他们这些不学无术的人才是最纯正的大学教师。""他经常上电视抛头露面，还写无聊的小说，仗着自己有人气在学校随便搞讲座，那还不臭啊？"

但同时呢，教授们在媒体面前又极度自卑，都患有"媒体自卑感综合征"。"一方面极端轻蔑和无情诋毁上了媒体的人，一方面又在媒体面前抬不起头，这是这些教授们最大的矛盾。谁要是在报纸上发表一篇文章就不得了，马上就闹腾开了，大量复印后发给老师们看，发给学生们作教材，喝酒庆祝，更甚者还给亲戚朋友邮送。""给大报的专栏写稿对一般的教授来说是一件很光荣的事，与此表里相反，又对像野兔一样'在媒体上太出风头'的大学教师竭力排斥。"

说实话，看着你业余时间鬼鬼祟祟、偷偷摸摸地写小说，有幸得了"芥兀奖"却不敢让人知道的悲惨处境，我真的是太同情你了。我觉得你投错了胎，生错了国度。如果你生在我们这儿，一点麻烦也不会有。不，不仅不会有麻烦，反而会如鱼得水，完全不像在你们那儿。"特别是写小说的人，在大学就不被当成学者看。在大学你不被人看成学者等于不承认你是人，看你不过是在披着人皮混饭吃而已……大学是一种背反世界，跟一般社会正好相反，越是在社会上被认可的在大学越是受排挤……可是啊，把小说家养在大学的那种事情，我看得多也知道得多了……反正不把你当正经的教授看……不光作家，连评论家在大学也不被看成学者……只要你写了小说你就完了。以前写过的人算是有前科，现在还写的就是越狱逃犯。"在我们这儿呢，视写小说为最高境界，会写小说的待若上宾。不想当军长的工兵不是好工兵，不想写小说的教授不是好教授。甚至只要你小说写得好，直接就进大学做教授了。你的某中国同行，称"作家教授"为"作而优则教"，"教授作家"为"教而优则作"，据其统计，两支队伍都很强大，PK 起来，谁输谁赢很难说。但只要大家和睦共处，再联合不写小说的教授，不做教授的作家，四支队伍团结起来，共同奋斗，中国的文艺要不复兴也难，中国的文人要"小团圆"都不好意思。

这完全来自于我们悠久而伟大的尚文传统。在我们的古代，虽然写小说不登大雅之堂（可见你们的大学有多么落后，完全无视小说的价值，只相当于我们的古代），但会写诗文却是可以出人头地的。近代海通以后斗转星移，古诗文进化为西式小说（前者偶尔在高考"满分作文"中借尸还魂），尚文的传统却一直没变。近年来星斗继续转移，听说小说也将被淘汰，正在进化为各种网文。那么可以想见，不久的将来，教授将在起点下、榕树上产生，甚至从赛车场、电视台涌现。

早在近一个世纪前，横光利一就说过："在日本，通常人的观点是，小说是傻瓜写的东西。"（《奥林匹克开幕式·从巴黎归来》，1936）不敢想象，半个世纪都过去了，你们通常人的观点还是没有改变，搞得你唯野教授还是里外不是人。横光利一又说过："但在法国，唯有做写小说的傻瓜，才是有助于生活的。"（同上）在这一点上，我们中国人严重同意法国人，真不愧两家都是文明古国啊——而在这一点上，他们美国人又严重同意咱中国人："他们是'驻校作家'，美国难以置信地自命不凡的驻校作家……你只是个教师，而我是作家——我们彼此并不平等。"（菲利普·罗斯《人性的污秽》，2000）

五

"一般当上大学讲师三年以后都会有一次出国学习的机

会，时间半年、一年、两年不等。费用大学负担，回国后要提交科研成果。但是那所谓的科研成果一般要求稿纸一张以上即可，内容什么都行。所以说白了就是公费旅游。"你那个同事加朋友、"全校第一美男"、法文专业的牧口副教授，也委实是太可恶了，已经是"公费旅游"了，拿了学校一年三百万的出国经费，却只在法国待了两个多月，就偷偷溜回国躲在家里，捱那剩下来的九个多月，怎么不像个教授，倒像《男人好辛苦》里的寅次郎了（寅次郎请家人去夏威夷度假，却不慎被无良旅行社骗了钱，但话都已经说出去了，于是为了维护虚荣心，只得躲在家里，出了许多洋相）？牧口副教授一定是跟寅次郎学的吧。

不过，原来他也有苦衷：他是个穷副教授，为了晋升职称，把出国经费节省下来，准备打点教授会和事务局。因为他的长相，教授们都嫉妒着呢，尤其是抢了蚁巢川教授"全校第一美男"的名头，写了论文，纪要编辑委员也鸡蛋里挑骨头不给发表，申请出版补助费也没门，以致羡慕起你长这丑样儿来。

不过谁又知道呢，也许他竟是听从了横光利一的劝告："对于文学，我想，政府应当向新锐批评家提供留学经费，不必向一个人长期提供，三个月即可，因为待在这里（法国）超过半年，这人在某种意义上便肯定会变得愚蠢无疑。这里随处都在喷出麻醉剂，对此不加察觉的，都是些昏睡过去了的人。"(《欧洲纪行·五月二十六日》，1936）其实不仅贵国政府，就是他国政府，也该听听他的劝告的。

除了你们"早治大学"的牧口副教授，"明教大学"有一个副教授，也是想把留学的钱昧了躲在家里，结果事情败露，被周刊杂志曝光，最后只好辞了职。看来牧口副教授"吾道不孤"呀。

这也使我想起了一件怪事。前阵子碰到一位你的同胞教授，到我们这儿来访学半年。其间他的大学举办了一个国际会议，我们这儿的教授可以过去参加，他这个本校的教授却不能回去，说是你们的文部省有严格规定，不允许出国在外的教授中途回国。现在想起来，肯定还是你那个美男朋友惹的祸吧！

六

在认识你之前，我完全不了解你老板是何方神圣，看他把大学教授写得入木三分，还以为他也是我的同行。这么一想，就不免为他捏了一把汗：他这么恶毒攻击同行，小说出来以后，他还怎么在大学里混？后来才知道，他是个职业小说家，所有素材全部来自大学里的"线人"，那些吃里爬外的家伙。以致小说出版的时候，他要致谢都不敢具名，弄得跟中情局在纪念墙上画星星似的（那些牺牲的特工、"线人"不能暴露身份，所以中情局只能在纪念墙上画星星来代表）。

你老板住在神户的垂水，离我曾客居的学园都市不远，不过二百日元的公交车程。有人见我如此偏爱你，就建议我去拜访他，以便把你的底细再弄弄清楚。我本来跃跃欲试，可后来转念一想，你这个鸡蛋好吃，下你这个蛋的母鸡却未必好看，而且一般说来总是成反比的，加之听说他智商一百七十八（菲利普·罗斯的波特诺伊智商才一百五十八），简直就是只母鸡精了，肯定是很难对付的，于是就"打退了堂鼓"（某教授语）。而且，我本来还想问他一个问题：《围城》日译本《结婚狂诗曲》1988年出版，两年后他就生了你这个蛋，把你送上了日本文坛，这里面有无因果关系？但估计这个问题问过去，他是会老拳挥过来的。也不是说我就怕他，主要是我们有敬老传统，我不能跟他对打是吧？现在想想，没去拜访他，也许竟是我的损失——或者更是你的损失了。

你"不幸"得了"芥兀奖"，你老板说你原本压根儿就没看上"芥兀奖"，但是以番场为代表的大部分编辑做梦都不会想到，写小说的人里有人会认为"芥兀奖"是配不上自己作品的滥奖，这尤其让你感到更加恼火——这大概也是虽得过各种奖却从未得过"芥川奖"的你老板的酸葡萄心理的表现吧？你在一家书店里搞签售，一本一本接过书，机械地挥动着签字笔，连读者的脸都不好意思看，一直默默地签着字,心里渐渐涌出一种幸福感。"哎呀哎呀,好奇怪啊!初次体验作家的感觉竟然是如此幸福,这可是从来没想到的啊!这到底是为什么呢?真幸福啊!这么幸福没事儿吧?奇怪,为什么我现在如此幸福呢?"此时此刻,抚摸着你老板的签名本(不是他当场签给我的,而是我在旧书店淘到的),读着对你签名时心情的描写,想象着他本人签名时的感觉……

也许我太啰唆了,不过这都是跟你学的,就像被你附了体一样。"不论你是赞成、反对、肯定、否定、附和、反驳,任何搭腔插话都不能阻止唯野大侃,而只能是推波助澜。""如果不开口打断唯野,任唯野东拉西扯侃下去,恐怕连这世界都会被说没了。"跟外号叫"活神侃"的你比起来,我不过是菜鸟一个,小巫见大巫而已。难为你耐心听我唠叨,三克油!三克油!

(筒井康隆《文学部唯野教授》,何晓毅译。横光利一《感想与风景》,李振声译。)

2009 年 8 月 28 日起稿
2024 年 12 月 13 日完稿

跋

　　写完《南洋的幻象》，从拉美西葡文学再度回到日本文学，宛如从惊涛骇浪的大江大河回到溪水潺潺的绿茵芳草，从怪力乱神的神奇现实回到家长里短的日常生活，一时间还真有点回不过神来。与此同时，忽然发现自己看待日本文学的眼光似乎也有所变化，有些原来觉得有意思的现在觉得没意思了，有些原来觉得没问题的现在觉得有问题了。

　　说起来，这已是我关于日本文学的第三本小书了——第一本是学术性的《中日文学关系论集》，第二本是随笔式的《东洋的幻象》。本书的性质大致同于后者，虽然后出，却未必转精，或反而退步。不过在本书与前二书之间，隔了《远西草》《西洋的幻象》《中西草》《南洋的幻象》等书，亦即隔了对于欧洲、拉美文学的研读和观照，所以希望比起前二书来，我看日本文学，视野能够更为阔大，眼光能够更加锐利。

　　关于书名"中东草"，还得赘言几句。本来，日本在中国的东面，这是地理上的常识。直到近代，中国人的日本游记，也多以《使东述略》（何如璋）、《使东诗录》（张斯桂）、

《东游日记》（黄庆澄）等为题，而日文也曾一度被称为"东文"（如早期中国驻日使馆即附设有东文学堂）。不过，朝鲜半岛、北美也在中国的东面，所以相比之下，朝鲜半岛为中国之"近东"，日本为中国之"中东"，北美为中国之"远东"（其实中文里本有"美东"的说法），应是毫无疑义的。然而众所周知，现在中文里流行的"近东""中东""远东"等说法，都是以欧洲为中心看过来的，我们又毫无反思地全盘接受了，以致出现了虽自称为"中国"，却自居于"远东"，又称我们西边的西亚为"近东""中东"的奇怪现象。地球本来就是圆的，谁都可以也理应以自己为中心，欧洲中心论可以休矣！故本书系（"东西草"系列）拨乱反正，正本清源，以中国为中心安排远近东西，以中国为圆心看四方文学，或有违大家积非成是的"常识"，还请读者诸君慢慢习惯起来。说起来，以欧洲为中心看过来的"近东""中东""远东"等说法，出现在中文里也不过就是鸦片战争以后百余年的事，堪称中国近代国力衰落、落后挨打的一个象征，并非"自古以来"就是如此的，更不是所谓的"约定俗成"，而随着中华文化日益迎来伟大复兴，也到了必须清算的时候了。

此外，正如黄遵宪《日本国志》所附"中东年表"以"中东"指代中日，本书也时常涉及中日文学关系，故"中东草"亦如"中西草"，兼有一点中日文学比较的意思吧。

因为时间、精力、兴趣和篇幅的关系，本书只写了若干我读得较多的作家，如夏目漱石、芥川龙之介、永井荷风、谷崎润一郎、川端康成、太宰治等，还有许多作家，尤其是比较晚近的作家，现在比较流行的作家，暂未能涉及，且留待以后的机会吧。

本书合计约三十篇，集中撰写于最近一年间，故除最后一文《你好，唯野教授！》情况特殊外，各文末不再一一标注写作时间。各文的写作地点则均为上海。本书各文的排列顺序，与本书系其他各书稍异，大致依作家存世先后。

在本书各文的后面，附注了该文所涉作品的译者，以向他们的辛勤劳动致敬；但为避免琐碎，省略了出版信息，因为很容易在网上查到，且有些也不止一个版本，我读的未必是读者有的。唯《芥川龙之介全集》已有中译本，因译者众多，故仅举主编者名，不再一一注明各篇译者，欲知其详者可查阅原书。译文偶或有误，径改不作说明，但肯定改必有据。

最后，感谢王敏先生玉成本书出版，蒋逸征君精心编辑本书，继《远西草》《中西草》之后，使本书有幸得以问世，再飨于此有同好的读者。

邵毅平

2025 年 5 月 22 日识于沪上阅江楼

图书在版编目(CIP)数据

中东草：我的日本文学屐痕 / 邵毅平著 . -- 上海：
上海文化出版社，2025.7. -- ISBN 978-7-5535-3237-0

I. G792

中国国家版本馆 CIP 数据核字第 202522KF06 号

中东草：我的日本文学屐痕

邵毅平　著

责任编辑：蒋逸征
装帧设计：王怡君
书名题签：邵　南
封面摄影：邵　南
（日本高野山金刚峰寺）

出　版：上海文化出版社　上海咬文嚼字文化传播有限公司
地　址：上海市闵行区号景路 159 弄 A 座 2—3 楼
邮　编：201101
发　行：上海市闵行区号景路 159 弄 A 座 206 室
印　刷：浙江天地海印刷有限公司
开　本：787×1092　1/32
印　张：8.875
版　次：2025 年 7 月第 1 版　2025 年 7 月第 1 次印刷
书　号：ISBN 978-7-5535-3237-0/I.1257
定　价：48.00 元

告读者：如发现本书有印刷质量问题请与印刷厂质量科联系
电　话：0573-85509555